Du début à la fin

Du début à la fin

Franck Labat

SdS Publishing
1701 route du Challonge 53320 St-Cyr-le-Gravelais
www.sdspublishing.fr

Illustrations : Adeline Opal
ISBN : 978-2-9594312-1-0
Dépôt légal : juin 2024

53 61 6D 6F 75 72 61 EF 20 64 75 20 53 6F 6C 65 69 6C

Préface

Entre déchéance et apothéose, conclusion et résurrection, extinction et renaissance… il n'y a souvent qu'une ligne ténue, une limite fragile le long de laquelle le moindre faux pas peut décider du dénouement d'une action dans un sens ou dans l'autre.

En sommes-nous conscients ? Pouvons-nous réellement influer sur les évènements ? Ou bien sommes-nous les pions d'une partie truquée par le destin et qui se termine sans cesse par un éternel recommencement ?

Le coup de foudre originel

J'aimerais vous raconter une histoire d'amour. Une histoire qui, comme toutes celles de cette nature, paraît unique à ses protagonistes. Alors qu'elle s'est déroulée, se déroule et se déroulera des milliers, des millions, et dans ce cas précis, des milliards, des trillions de fois à travers les âges. Mais que voulez-vous ? C'est l'Amour… et il reste beau et singulier à chaque fois.

Pour le décor, imaginez une planète rose. L'atmosphère chargée de méthane, avant d'être évincé par l'oxygène y vit ses derniers millénaires, et lui donne, vue de l'espace, cette magnifique couleur aurore. À la surface, les teintes mordorées, irisées et chatoyantes jouent avec des ombres profondes et tranchées. En particulier au lever et au coucher de l'astre qui baigne cette petite planète de sa lumière. Le paysage est chaotique, tout y est neuf, un canevas vierge où tout peut arriver.

Des pics de basalte gris dardent leurs sommets plus hauts qu'aucun homme n'en a jamais vu. Des mers de magma aux des reflets ardents affleurent à ciel ouvert. Des météorites tombent régulièrement des cieux, chargés en matériaux de mondes lointains. Ils viennent amalgamer leurs minéraux et autres composants dans un melting pot galactique sans frontières ni limites. Souvent, quelques cellules clandestines en profitent pour accoster, s'installer et depuis peu ; proliférer.

Pendant longtemps, ce planétoïde est resté trop austère pour héberger la moindre étincelle de vie. Mais tout a changé. Un milliard d'années plus tôt, la surface s'est refroidie. La boule de feu inhospitalière qu'était cette planète a alors concentré sa chaleur et son énergie en son cœur, laissant une croûte minérale durcir sur son pourtour. Les températures ont baissé, les gaz se sont stabilisés, et cette atmosphère fuchsia protectrice a pu se former et abriter la vie qui débarquait sous forme de micro-organismes unicellulaires.

Depuis des dizaines de milliers d'années, il se passe un phénomène étrange : il pleut ! Sans interruption, sans la moindre accalmie, il pleut… C'est un monde où se déchaînent de perpétuels orages. Le méthane ne cohabite pas avec l'oxygène. À son contact, il se transforme en eau et gaz carbonique, et l'atmosphère fond, au sens le plus littéral du terme. Elle est surchauffée par les ardeurs du soleil qui la pénètre de ses rayons et agit comme une bouilloire. Les gaz s'évaporent et montent, la pression augmente en altitude jusqu'au point critique, et le déluge se déverse. Ce cycle, entretenu par les constants changements de température, l'exposition de la planète à son étoile, et l'élévation croissante du taux d'oxygène rejeté par les minuscules nouveaux habitants, ne semble jamais finir. Chaque trou, chaque orifice, chaque anfractuosité, chaque crevasse se sont remplis, formant mares, lacs, mers et océans. Au cœur de ces étendues aquatiques, la vie se développe de plus belle et emballe encore la machine en produisant toujours plus d'oxygène.

Je ne vous le cacherais pas plus longtemps, cette planète c'est la nôtre. Elle s'appellera « Terre » dans 2 514 258 457 ans. Et pour le moment, elle est la témoin silencieuse et majestueuse de la toute première histoire d'amour.

Al avait débarqué avec ses congénères après un long voyage interstellaire. Prisonniers de larges blocs de matière, propulsés dans l'espace par le chaos d'un énorme choc entre un astéroïde et leur jeune planète rouge, ils avaient erré pendant des années dans le vide sidéral. La Terre avait capturé ces météorites de passage dans son champ gravitationnel et leur avait fait une offre de résidence permanente à laquelle ils n'avaient pu se soustraire.

Al et les siens avaient hiberné si longtemps qu'ils ne se rappelaient plus de leurs origines exactes. Mais lorsque la douce chaleur de la Terre les avait éveillés, ils s'étaient tout de suite sentis chez eux. Après le froid intersidéral qui les avait forcés au repos pendant si longtemps, ces êtres unicellulaires mangeurs de méthane avaient trouvé l'endroit paradisiaque.

Béa avait connu un destin assez similaire, mais avec un trajet plus long et sans aucune compagnie pour l'effectuer avec elle. Sa planète bleue avait reçu la visite impromptue d'une comète égarée. Après l'impact Béa s'était retrouvée figée dans un amalgame cristallin en perdition à travers la galaxie. Peu intéressée par le méthane, elle avait survécu et prospéré à son arrivée sur ce Nouveau Monde grâce à l'abondance d'hydrogène dans les eaux chaudes.

Ils se rencontrèrent au crépuscule. Comme à l'accoutumée, une pluie diluvienne dont les grosses gouttes rebondissaient lourdement sur les flots battait la surface. Le soleil plongeait au lointain dans un feu d'artifice rose éthéré, jetant ses derniers reflets violets sur le ventre arrondi des nuages. Des éclairs barraient l'horizon par intermittence, véritables colonnes de lumière blanche s'abattant des cieux.

Al perçut Béa le premier. Ils différaient l'un de l'autre autant que leurs planètes d'origines. Lui, rond avec de courts cils vibratiles sur toute sa circonférence, restait à la surface pour capter le méthane ambiant de l'atmosphère. Elle, ovale et gracieuse, avec un flagelle flottant dans son sillage, était taillée pour la nage sous-marine.

Un indescriptible tremblement les parcourut tous deux. Attiré de manière irrésistible par la présence de Béa, Al en abandonna même sa famille. De son côté, elle commença à fuir, craignant tout d'abord pour sa vie. Un malentendu compréhensible en ces milieux hostiles, mais qui se dissipa bien vite.

Béa, avantagée par son long filament mobile, n'eut aucun mal à distancer Al. Ce dernier finit par s'arrêter. Il n'avait jamais été séparé de sa colonie et se sentait perdu. Percevant son désarroi, elle revint un peu en arrière. Comment un être si sensible pouvait-il lui vouloir du mal ? Il l'observa sans plus bouger d'un micron. Sous la nuit tombée, elle scintillait désormais d'une légère lumière émeraude phosphorescente, belle et gracile. Il en rougit, laissant échapper une longue sécrétion chimique.

Béa fut envoûtée par l'envolée odorante qui s'éleva des eaux. À ses yeux, la perfection circulaire de l'étranger le rendait beau. Et la force des innombrables cils qui lui permettaient de se maintenir à la surface sans être esclave des courants ne la laissait pas indifférente. Elle n'avait jamais rien vu de semblable, et poussée par la curiosité, Béa désirait apprendre à le connaître. Elle s'avança timidement.

En la sentant venir à lui, Al eut du mal à se contenir. Habitué au contact de ses proches, il ressentait ce besoin de la toucher, de se coller contre elle, de frémir au rythme des ondulations du filament contre son corps. Mais il se retint. Il avait bien compris l'individualisme de Béa. Elle ne vivait pas en banc comme lui, et il ne voulait pas l'effaroucher de nouveau.

Tandis qu'elle continuait à avancer, une pression monta entre eux deux. Al se sentit repoussé. Il dut agiter ses cils pour rester sur place. De son côté, Béa peinait à progresser, une barrière invisible l'empêchait de s'approcher. Elle lutta, nagea de plus belle, mais rien n'y fit. Plus elle tentait d'avancer, plus une force cachée s'accroissait, lui interdisant toute proximité avec son compagnon.

Al avait beau frapper les flots de toute sa puissance, pour lui aussi la progression vers Béa s'avérait impossible. Elle aspirait à le voir de plus près, il rêvait de la toucher, mais cette planète maudissait leur amour. Charges électriques inversées ? Réaction chimique incompatible ? Aussi sûrement que les deux pôles d'un aimant se repoussent, ces deux-là ne pourraient jamais vivre ensemble… Il est des lois physiques que même l'amour ne peut briser.

Ils restèrent longtemps à se tourner autour, languissant de pouvoir s'atteindre, se frôler, s'aimer. Al en oubliait de métaboliser son méthane, et Béa son hydrogène. Leur énergie les quittait petit à petit. Ils avaient fait leur choix : plutôt se laisser mourir ensemble que de repartir chacun vers leurs horizons. Si à défaut de contact physique il ne leur restait que la proximité, alors ils demeureraient proches l'un de l'autre jusqu'au bout.

Des heures, des jours, peut-être des semaines passèrent, s'écoulant comme l'imperturbable ondée autour d'eux. Au final, épuisée et se sentant partir, Béa battit une dernière fois son long ruban pour se propulser vers lui. Elle s'éteignit avant d'avoir rencontré la barrière invisible qui les repoussait. Al, fou de chagrin, redoubla d'effort dans sa direction. Vidé de ses dernières forces, son cytoplasme s'éteignit à son tour.

Les deux cellules mortes continuèrent sur leur lancée. Sans énergie pour les animer, plus rien ne pouvait les repousser et elles convergèrent enfin l'une vers l'autre. Flagelle et cils se frôlèrent un instant, unis dans la mort. Au moment où ils allaient se séparer, où les corps s'apprêtaient à s'éloigner chacun dans une direction opposée ; un énorme éclair jaillit du ciel et vint s'écraser en un long pilier électrique sur la surface des flots. L'air claqua, une forte odeur d'ozone monta et un phénomène inattendu s'opéra : les membranes de Béa et d'Al – encore liées par leur fragile connexion – s'unirent et fusionnèrent sous l'intense chaleur de ce coup de foudre. En même temps, la charge électrique de l'éclair rallumait une étincelle de vie dans ce nouveau corps ; le premier organisme multicellulaire était né. Une multitude infinie en découlerait bientôt, et progresserait jusqu'à l'apparition des êtres les plus complexes de notre planète. Preuve que l'amour peut, après tout, vaincre les lois physiques les plus tenaces…

La Source

Le ruissellement de l'eau se faisait entendre, tout proche. Je décidai de me délester du fardeau de mon sac à dos pour parcourir les derniers mètres.

Les sangles me cisaillaient les épaules. Je dus puiser dans mes ultimes réserves d'énergie pour me trémousser et extirper mes bras de leur emprise. Mon sac tomba sur l'épais tapis végétal. Déséquilibré, je m'effondrai par terre à mon tour.

Je haletai, à genoux, la sueur dégoulinant entre mes omoplates. À bout de force, je m'interdis cependant de rouler sur le dos, certain que je ne trouverais pas la volonté de me relever si je venais à m'affaler.

Je restai donc là un moment, les muscles rompus, incapable de décider mon corps à parcourir la distance dérisoire me séparant encore de la rivière. Finalement, je m'appuyai sur la machette qui depuis des jours ne quittait plus ma main, poussai, et parvins à me redresser pour essayer d'apercevoir la surface de l'eau. Cette jungle était si épaisse que la végétation m'en bouchait toujours la vue malgré le flot tout proche.

De toute façon, qu'y avait-il à découvrir ? Encore un de ces rios boueux, chargé de sédiment, de végétaux putréfiés et d'anacondas ?

Depuis que j'avais vidé ma réserve d'eau potable, seules la pluie et ces rivières immondes m'avaient permis de survivre… Je devrais peut-être me montrer un peu plus respectueux… Sans ces innombrables rios, je serais mort depuis longtemps.

Fébrile, je détachai la gourde en métal de ma ceinture et fouillai dans la poche de mon short à la recherche de la boîte renfermant les pastilles de stérilisation. Sans elles aussi je serais mort depuis longtemps, rongé par une quelconque fièvre. Les deux cachets tintèrent dans le fond de ma gourde. Je repris mon souffle et amorçai un pas en avant pour me rapprocher du bord de la berge. D'un lent revers de machette, j'écartai les dernières plantes me voilant encore la vue du cours d'eau.

Je restai un instant hébété en observant la surface. Je devais être victime d'hallucinations induites par la déshydratation et la fatigue. À la place d'un cours boueux au fond insondable, s'allongeait une étendue cristalline d'une transparence sans égal. Les rares rayons traversant l'épaisse canopée plongeaient dans l'eau jusqu'à en éclairer le fond. Tels de petits projecteurs d'une salle de spectacle obscure, ils traçaient des cercles parfaits sur le lit caillouteux.

Je fermai les yeux et secouai lentement la tête pour chasser cette vision de mon esprit. Je regardai à nouveau, rien n'avait changé ; l'innocente petite rivière translucide, semblable à un ruisseau de montagne, serpentait, immuable, au milieu de la végétation.

Je me penchai et approchai alors mes doigts de la surface avec prudence, de peur que la percer ne fasse disparaître ce rêve. Il n'en fut rien, mon index s'enfonça doucement et avec quelques secondes de retard, mon cerveau enregistra une sensation rafraîchissante inattendue.

De surprise, j'en retirai aussitôt ma main. Depuis des semaines, les eaux boueuses et chargées auxquelles j'avais eu affaire étaient chaudes, si proches de la température de mon propre corps qu'aucune fraîcheur n'était perceptible.

Cette fois, je lâchai ma gourde et plongeai mes deux mains en coupe dans le liquide presque glacé. D'un geste vif je m'aspergeai le visage et laissai s'infiltrer en moi le plaisir intense procuré par les gouttes froides qui ruisselaient dans mon dos, emportant avec elles, le long de ma colonne vertébrale, la sueur fétide des semaines écoulées.

Un rire nerveux m'échappa, mais je n'y prêtai pas attention. J'aurais pu me poser des milliers de questions sur ce cours d'eau improbable, mais peu m'importait l'incongruité de la présence de cette onde fraîche et limpide. Elle était là, bien réelle, et rien d'autre ne comptait à mes yeux. Je n'avais pas ressenti un tel plaisir depuis longtemps. Mais au-delà de cette sensation de bonheur, c'était surtout le retour d'un autre sentiment qui me comblait d'aise ; l'espoir ! Un espoir qui m'avait inéluctablement abandonné jour après jour. Depuis quelque temps je m'étais résigné à finir dans cette jungle, et je crois bien qu'au cours des dernières heures, seule l'habitude m'avait encore poussée à traverser ces territoires vierges. J'étais las, si las… Mais à présent, cette eau fraîche ragaillardissait mes muscles, et je sentais mon système nerveux revivre sous ce nouvel influx. J'allais m'en sortir, je pouvais trouver mon chemin, retourner à la civilisation et rentrer chez moi. J'avais juste besoin d'un peu de repos, de me ressourcer, et cette rivière inattendue semblait l'endroit idéal pour cela.

Sans plus réfléchir, je me laissai glisser de la berge pour plonger dans l'eau claire. Debout, le niveau m'arrivait à peine à la ceinture, et je me mis lentement à genoux pour m'immerger complètement.

Je plongeai la tête sous l'eau pour me frotter les cheveux et la barbe, laissant le courant emporter avec lui la crasse pour faire de moi un homme neuf.

Une fois propre et revigoré, je me sentis de taille à en savoir un peu plus sur cette rivière. De toute façon, il me fallait encore trouver à manger. Je préférais rester dans l'eau pour remonter tranquillement le courant à la recherche de quelques fruits, plutôt que de tailler des lianes à la machette sans voir où j'allais.

La rivière mesurait au moins cinq mètres de large, la jungle n'avait pas réussi à complètement l'étouffer, ce qui rendrait la marche bien plus aisée. Grâce à la limpidité de l'eau, je ne craignais aucun des dangers inhérents aux autres rios de la contrée, dont la remontée sans embarcation se serait avérée une entreprise suicidaire.

Je m'emparai néanmoins de la machette, mon seul moyen de défense, et la glissai dans son fourreau attaché à ma ceinture.

De l'eau jusqu'au bas du dos, je commençai donc ma progression, calme pour la première fois depuis des semaines. Très vite, mon esprit se mit à vagabonder.

Je repensai à la fatigue extrême des derniers jours, la traversée à coups de machette de cette forêt hostile et impénétrable. Je revis les semaines précédentes, avec les vivres qui venaient à manquer, la hantise de ce qui était arrivé aux autres, la peur au ventre, quasi instinctive, qui avait marqué mes premières heures de fuite.

Alors que je continuais sans hâte à remonter le courant, ce furent les images de l'attaque de notre camp de recherche par les guérilleros qui me revinrent. Moi, en train d'extirper mon sac coincé sous le cadavre d'Eugène, avant de fuir, sans carte ni téléphone satellite, resté dans la tente du chef d'expédition. Le corps d'Eugène, notre zoologiste, qui avait traversé la toile sous l'impact des balles, son sang giclant sur ma chemise alors qu'il s'était s'affaissé dans un râle. Le bruit de l'explosion et la lueur aveuglante des fusées éclairantes qui nous avaient tous surpris au milieu de la nuit.

Je secouai la tête et m'arrêtai quelques instants pour chasser ces terribles images. Je ne voulais pas me souvenir de cette tuerie, je voulais me rappeler de l'aventure, de l'entrain de notre équipe de scientifiques, de nos recherches et de nos découvertes.

Je repris ma progression en amont. Mes mains ballantes fendaient le courant frais le long de mes hanches. Je me concentrai sur les jours précédents les affreux événements qui m'avaient mené dans cette situation désespérée. Eugène encore, euphorique devant le nombre de nouvelles espèces d'insectes qu'il avait trouvé. Maxim, notre chef d'expédition russe, maniant de main de maître notre large pirogue, seule embarcation capable de nous emmener, avec notre matériel, si haut le long du rio. Et puis Vinciane, l'unique femme de l'équipe, mais pas la plus timide. La première fois que je l'avais vue, en débarquant au Grand Hôtel de Manaus, son rire cristallin m'avait accueilli et su chasser d'un seul éclat toutes mes appréhensions.

Le niveau avait baissé, mes mains ne trempaient plus dans l'eau, et avec la moindre résistance de l'élément liquide, ma progression devenait plus rapide. Je n'avais pas recherché de nourriture comme je l'aurais dû, ignorant les fruits des arbres alentours. Je profitai de cette trêve que mon esprit m'accordait. Après l'accumulation de semaines de stress, j'y avais bien droit. Continuant ma remontée, je me souvins des jours heureux écoulés dans mon laboratoire. La réception de ma lettre d'acceptation pour cette fabuleuse expédition amazonienne, une grande joie. Mes recherches sur la sédimentation en milieux extrêmes. L'obtention de mon Doctorat. Mes années sur les bancs de l'université. Magalie, ma première conquête. Les années lycée. Le collège. Les vacances au bord de la mer. Mon premier vélo. Madame Bernard, ma meilleure institutrice grâce à qui j'avais présenté mon premier exposé sur les minéraux.

De l'eau à peine jusqu'aux genoux, une certaine quiétude m'envahit. Je continuai ma progression, de plus en plus aisée. Alors que la rivière se rétrécissait, mes pensées s'élargirent. Je commençai à songer aux années disco, le Rock'n Roll, la Seconde Guerre mondiale, qui inévitablement me renvoya vers la Grande Guerre et ses premiers tanks. La naissance de l'ère industrielle. Les grands combats des peuples pour leur liberté. L'art, la raison et la science progressant côte à côte. Les royaumes. La religion. Les croyances. Les premières civilisations. Les premiers hommes.

Je n'avais jamais réalisé que mes études de géologie m'avaient apporté tant de connaissances générales. L'esprit léger, je m'autorisai une pause et inspirai un plein bol d'air chargé d'humidité. Une grande lucidité s'était emparée de moi. Après une telle fatigue, une telle horreur, de telles épreuves, mon cerveau pouvait enfin décrocher, prendre du recul et tout remettre en contexte. Je me sentais bien, détaché, et pour ne pas perdre le fil de mes pensées je repris ma marche, rythmée désormais par le claquement de mes pas envoyant des éclaboussures de toute part chaque fois qu'ils entraient ou sortaient de l'eau. Le bruit ne me gênait pas pour autant. Très vite mes songes défilèrent de nouveau.

La Terre, planète bleue, royaume sauvage, avec ses espèces animales et végétales. Les cycles de réchauffements et de refroidissements, avec leurs lots d'extinctions et d'évolutions. Les grands cataclysmes, formant les reliefs. La dérive des continents, la création des océans.

La Terre, planète rose, canevas vierge à l'atmosphère de méthane. Les bombardements d'astéroïdes qui façonnent sa composition chimique et préparent l'étincelle de la vie.

La Terre, planète rouge en feu, boule de magma en suspens. Titan qui attire à lui les moindres objets stellaires à sa portée afin d'accroître sa propre masse.

Je m'arrête de justesse avant de me heurter à une paroi granitique verticale qui barre mon chemin. L'espace d'un instant, je redoute que cette brusque interruption me fasse perdre mon état de grâce. Mais il n'en est rien.

À hauteur de mon visage s'écoule de la surface rocheuse noire un maigre filet d'eau qui tombe entre mes pieds où les flots lèchent doucement mes semelles. J'ai atteint la source.

Serein, je laisse ma main remonter le long du filet. Les images envahissent de nouveau mon esprit : la pâle clarté de notre soleil, astre nouveau-né. Le flamboiement de la Voie lactée en formation. Des milliards, des millions, des milliers de galaxies, de constellations, d'agglomérats.

Je tends mon index vers la petite embouchure. *Des centaines, des dizaines d'univers.*

Je sens la surface minérale au bout de mon doigt et la pression de l'eau qui augmente en essayant d'échapper à la force que j'exerce. *Le Néant.*

À l'instant où mon index obture définitivement le trou dans la paroi rocheuse, je suis frappé d'une brusque révélation.

Ceci n'est pas une source. Ceci est LA Source. Sa limpidité, sa fraîcheur incongrue, mes visions…

Trop tard, la dernière goutte tombe alors que je bouche le flot avec mon doigt. Tandis qu'elle pénètre dans le lit qui commence déjà à se tarir, je sens mon corps se pétrifier et la forêt se taire.

À l'instant où mon esprit se ferme – je le sais – c'est la planète, le monde, le cosmos, l'Univers tout entier qui fige ses rouages, à jamais immobile comme le tableau d'un peintre génial qui n'aura pas de spectateurs. Car le temps, désormais, ne s'écoule plus. Je viens d'en arrêter le flux…

L'échelon supérieur

Mon nom est…

… Julie. Je suis une charmante petite brunette de la région parisienne. Directrice associée du recrutement d'une société-conseil en informatique, je fais passer des entrevues à des ingénieurs en réseau et systèmes d'information. Svelte, un peu maigre même, je ne suis pourtant pas sportive du tout. Je vis seule, avec mes deux chats. Le soir, je rentre et dîne d'un plateau-repas en regardant mes séries télévisées préférées, en version originale pour maintenir mon niveau d'anglais. Ensuite, je me couche avec un bon roman à la mode et le lendemain je retourne interviewer des informaticiens en quête de « missions », tels les agents secrets qu'ils ne seront jamais.

Tous les samedis soir, je rends visite à mes parents dans leur pavillon de Saint-Cloud, où nous dînons en regardant la télévision et en commentant l'information et la météo de la semaine.

Je n'ai pas trente ans, je ne les aurais d'ailleurs jamais. Et même si ma vie peut vous paraître des plus banales, voire ennuyeuse, elle me convient tout à fait, et je ne suis ni morose, ni dépressive.

On est donc en droit de se demander ce que je fabrique, à l'heure du déjeuner, en train de marcher en équilibre sur la bordure du toit de l'immeuble où je travaille… En soi, cela semble déjà être une assez périlleuse idée, mais qui plus est en tailleur et talons hauts, ce n'est pas la meilleure démonstration de mon intelligence, dont je suis pourtant fière.

Mais avant de vous révéler ce que je fais seule sur ce toit, j'aimerais vous faire participer à un test. Je voudrais en effet confirmer la qualité de fabrication de mes chaussures… Par exemple, le talon tiendra-t-il si je commence à sauter à cloche-pied sur cette corniche ? Essayons : hop !

Apparemment oui, je suis toujours là, et mon talon aussi. Je savais que j'avais fait une affaire en achetant cette marque italienne en solde.

Attendez que je me remette bien au milieu de la corniche. C'est qu'elle n'est pas bien large, et je ne voudrais pas tomber avant d'avoir pu vous expliquer ce que je fais perchée huit étages dans les airs à sauter à cloche-pied sur le rebord en zinc d'un toit d'immeuble. Voilà, c'est mieux, allez, on va faire un dernier test et après je vous dis tout. Cette fois, demi-tour sur une jambe ! Attention, roulement de tambours… Et hop ! Tada ! Un exemple concret du savoir-faire de nos cousins d'outre-Alpes en matière de confection de souliers. « Bravo ! » Que dis-je : « Bravissimo ! »

Mais retournons à nos moutons : Pourquoi une jolie jeune fille comme moi, saine d'esprit et de corps, se baladerait-elle au sommet d'un immeuble à y entreprendre des cabrioles hasardeuses en équilibre instable sur des escarpins italiens ?

Suis-je une cascadeuse qui répète la scène d'un film ? Non, je vous l'ai déjà dit, je suis directrice associée au recrutement. On ne plaisante pas avec un titre pareil, voyons !

Alors suis-je en train de rêver ? Non plus ; je sens bien l'odeur lourde de cet air d'été pollué de la région parisienne. J'entends distinctement le claquement sec de mes talons sur la feuille métallique qui recouvre la corniche. Je distingue avec précision les graviers qui jonchent le centre de la toiture, les antennes, les relais téléphoniques. Tous ces détails n'ont rien d'onirique.

En fait, c'est très simple. Si j'ai soudain interrompu mon travail, gravi les quelques paliers qui me séparaient du dernier étage, puis forcé la porte de service qui mène sur le toit par cette belle fin de matinée ensoleillée, c'est juste pour sauter.

Non, je ne suis pas folle. Et non, je vous l'ai déjà dit, je ne suis pas dépressive. Je n'ai pas non plus de parachute, ni d'élastique attaché à ma taille, ni d'autre appareillage de la sorte. J'ai simplement eu envie de prendre l'air, le Grand Air.

D'ailleurs, puisqu'on en parle, c'est le moment d'y aller. Alors si vous me le permettez, je me tourne côté rue, bien campée sur mes deux jambes, un dernier regard huit étages plus bas dans l'avenue qui file vers les portes de Paris. Flexion, extension, j'écarte les bras comme une vraie nageuse professionnelle, et je plonge…

J'exécute un parfait saut de l'ange. En toute honnêteté, un jury aurait assisté à ma performance, j'approchais le 10/10, c'est certain. De cette hauteur, ma chute devrait durer moins de trois secondes avant que je ne m'écrase sur le bitume noir du trottoir. Mais trois secondes, cela peut paraître interminable. J'ai en effet une acuité incroyable de ce qui m'entoure ; le vent qui ramène mes longs cheveux bruns en arrière, la circulation des voitures juste en dessous, les odeurs de crêpes du petit restaurant au coin de la rue, un moustique que je dépasse sur mon chemin... tout m'apparaît avec un attrait et une force renouvelée.

Je vois le sol qui se rapproche inexorablement et ne fait aucun mouvement pour ralentir ou amortir ma chute. Il semblerait que je vais manquer le trottoir de peu. En fait, je crois bien que je vais m'écraser sur la voiture de Gérald, mon collègue du troisième. Il sera déçu, il aimait bien sa 207 et espérait encore sortir avec moi un de ces jours… Désolé Gérald…

Mon corps s'incruste dans la tôle, qui se referme sur moi comme une gangue d'acier. Le pare-brise se bombe puis éclate en milliers de morceaux brillants qui reflètent les rayons du soleil d'été. Une de mes chaussures passe dans mon champ de vision en une lente arabesque ; tiens, le talon s'est brisé finalement…

Grand moment de silence après le bruit d'explosion sèche de ma chute. Les passants s'arrêtent médusés, une voiture pile et la circulation s'interrompt sur l'avenue. Une chape de plomb semble tomber sur ce petit coin d'un quartier de Boulogne-Billancourt, suspendant pour un instant le temps alors que tous les témoins de la scène prennent peu à peu conscience de ce qu'ils viennent de voir.

Des bulles de sang jaillissent de ma bouche, mes longs cheveux retombent mollement sur ma joue. Ma tête marque un angle improbable avec le reste de mon corps, et assez d'électricité circule encore dans mes neurones pour interpréter ma dernière vision : cinq lettres gravées à même mon avant-bras. Cinq lettres sanguinolentes que j'ai moi-même incrustées dans ma chair deux heures plus tôt à l'aide d'une barrette à cheveux, cinq lettres qui forment mon nom. Mon esprit quitte sa prison charnelle, je suis morte et la dernière image imprimée sur mes rétines est mon nom. Mon nom est…

… Agrah. C'est du moins l'orthographe moderne que l'alphabet occidental donne aux deux syllabes jadis prononcées par un groupe de primates plus communicatif que les autres, et qui sentit le besoin de nommer l'inconnu, d'identifier leur peur, de formuler leur angoisse du néant. Mais ne vous inquiétez pas, j'y reviendrais plus tard. Ce point précis mérite de plus amples détails. Après tout, je ne serais pas parmi vous sans cet épisode particulier de mon existence.

Julie dans tout cela ? Oh, Julie n'était qu'un… véhicule. Vos carcasses constituent un excellent moyen de transport que j'emprunte de temps à autre pour arpenter votre plan d'existence. Vous êtes choqué ? Pourquoi ? De votre côté, vous utilisez bien de l'électricité dans certains de vos déplacements, non ? Vous ne vous arrêtez pas ensuite pour penser ce qui est advenu des milliards d'électrons sacrifiés pour vous amener à destination ? Même chose pour moi, sauf que c'est vous qui jouez le rôle de particule.

J'imagine qu'à cet instant vous devez vous demander qui je suis. Alors que la vraie question que vous devriez vous poser est : *Que* suis-je ?

Vaste question que je ne peux malheureusement pas satisfaire de manière simple ou directe. C'est-à-dire… *moi* je pourrais y répondre bien sûr, mais vous ne pourriez pas comprendre ma réponse.

Je le dis sans prétention[1], c'est juste que mon explication la plus simple et la plus directe se ferait dans un « langage » qui vous serait inconnu, une forme de communication imperceptible pour vous, et de toute façon impossible à retranscrire à l'écrit. Je vais donc devoir abaisser ma réponse à un niveau de compréhension et d'échange qui vous sera plus accessible et familier.

Non, non, non, non, ne commencez pas avec vos idées de dieux[2] ou d'extra-terrestres… Vous voyez, c'est exactement pour cela que je ne peux pas vous expliquer simplement. Dès que cela dépasse l'étroitesse de votre esprit et votre capacité cognitive, vous usez de votre réponse à tout : « dieu » ou « les petits hommes verts »… Décevant cette manière systématique de recourir à ces deux cartes joker… Et dire que vous pensez avoir de l'imagination !

Donc non, je ne suis pas une divinité quelconque de vos nombreux panthéons. J'en partage certes quelques traits à votre échelon : tout-puissant, omniscient[3],

---

[1] Enfin si, un peu tout de même, il faut l'admettre. Mais en l'occurrence, dans ce cas précis, c'est vraiment juste un problème de communication…

[2] Notez le manque de capitalisation de la première lettre et la forme plurielle. Tout est dans le point de vue, le mien m'octroie amplement le droit de l'écrire ainsi.

[3] Hum… disons « quasi » omniscient, sinon vous ne seriez pas en train de lire ceci.

omnipotent, immortel, ai joué un rôle capital dans la genèse de cette planète… Mais je vous assure que je ne suis pas un dieu pour autant.

Il m'est tout de même arrivé d'être confondu ou assimilé à certaines entités légendaires ou mythiques au fil des ères, c'est vrai. Je le comprends fort bien d'ailleurs, à quoi d'autre pourrais-je être comparé ? Cependant maintenant que j'y pense, jamais l'une des créatures dont on a voulu m'affubler les atours n'était céleste, bien au contraire. Comme quoi vous êtes dotés d'une bonne intuition.

Suis-je un extra-terrestre alors ? Là je m'esclaffe ! Vraiment absurde, si vous saviez, si vous pouviez appréhender… Comment vous dire ? Il n'y a pas moins extra-terrestre que moi ! C'est simple, la meilleure définition que je puisse vous donner est : *je suis* la Terre !

Non ? Toujours pas… Je vois bien que c'est encore confus dans votre esprit. C'est ma faute, j'ai sans doute été un peu trop rapide avec mon « Je suis la Terre ». Que voulez-vous que je vous dise, ce n'est pas si simple à expliquer même pour moi. La prochaine fois que vous allez à la plage, essayez donc d'inculquer à un banc de plancton qui vous êtes et la raison d'être de votre iPod, j'aimerais vous y voir… Et n'insultez pas le plancton pour son manque d'intelligence, dans le grand ordre des choses, il est bien plus à sa place que vous[4].

---

[4] Juste pour être claire avec cette métaphore. Certains pourraient penser « si Agrah = humains et humains = plancton, avec plancton = plus à sa place que les humains, alors, humains = plus à leur place qu'Agrah », ce serait une erreur.

J'imagine qu'en ce XXIe siècle, une approche scientifique et pragmatique reste sans doute le meilleur moyen pour me présenter. Donc, pour tenter de vous expliquer, et s'il vous plaît, gardez à l'esprit qu'une grande partie du message risque de se perdre dans la traduction en raison de nos différences évidentes de culture, vocabulaire, conceptualisation, et tout bonnement : de réalité. Voici ce que je suis :

Toute chose est composée de trois éléments fondamentaux : un élément de destruction, un élément de construction, et un élément de neutralité[5]. De la plus petite particule à la plus vaste des constellations – et même notre univers lui-même –, chaque entité est ainsi constituée.

La Terre n'échappe pas à cette règle, même si « l'Homme » la peuple, ne vous en déplaise. Et donc, il y a quelque 4,5 milliards d'années de cela, elle a commencé à se former à partir du néant ambiant. Particule par particule, poussière par poussière, débris par débris. D'abord un grain de matière dans le vide interstellaire, arraché par les courants sidéraux, poussé par des champs magnétiques, stabilisés par des forces de gravités, puis un autre, et un autre et encore un autre… Bientôt ce furent des blocs déjà constitués qui purent être attirés, détruits par la Terre, leur énergie et leur masse absorbées, reprises et transformées pour sa propre création, le tout dans un ballet équilibré qui finit par donner la planète que vous connaissez aujourd'hui.

[5] Imaginez un atome composé d'électrons, de positrons et de neutrons si cela peut vous aider.

Alors que suis-je ? Appelez-moi « D » pour Destruction puisqu'il vous faut un mot afin de me conceptualiser. Imaginez-moi comme une force immatérielle et pourtant consciente. Une entité, en quelque sorte l'un des trois esprits fondamentaux de la Terre. Et ne me jugez pas trop vite de par mon nom « Destruction ». Car vous n'habiteriez pas là si je n'avais pas détruit des astres entiers pour former cette planète. Vous ne respireriez pas si je n'avais pas brûlé la plus grande partie du méthane pour laisser place à l'oxygène dans l'air. Vous n'existeriez pas si je n'avais pas anéanti des millions d'espèces minérales, végétales et animales au cours de l'évolution pour au final vous laisser le champ libre.

Maintenant, je n'ai pas non plus créé la Terre tout seul. Il faut savoir donner son importance à chacun. « C » et « N » ont eu un rôle à jouer, bien sûr. Simplement, comprenez bien que tout est issu du chaos. Je suis Destruction, et sans moi rien n'existe. N'oubliez jamais que cet Univers est né d'une violente explosion et qu'il périra de même... Et puis, « C » et « N » n'ont pas fait la même découverte que moi. La découverte qui a tout bouleversé.

Très récemment[6] s'est produit un phénomène extraordinaire.

Il peut paraître étrange qu'un être comme moi puisse encore, après tout ce temps et toutes ces connaissances accumulées, être surpris. Mais tout a ses limites. Peu de choses sont absolues en dehors de moi-même, et je vous avais prévenu que je devais faire avec votre vocabulaire, « omniscient » demeure le terme le plus proche pour décrire l'état de mon savoir. Cependant, aussi vastes mes connaissances soient-elles, je ne peux pas deviner l'avenir. Elles aident bien sûr à en évaluer les scénarii les plus plausibles, mais dans toutes probabilités, il reste toujours un élément de hasard, qui peut donc engendrer de la surprise.

Petit conseil : Le seul savoir absolu à connaître, c'est que rien n'est absolu, justement, tout peut être remis en question et rien n'est immuable à part moi : « D ».

Toujours est-il, quand on connaît tout du passé et du présent, on peut facilement en deviner l'avenir. Cependant, cela ne reste qu'une projection comme je vous le disais. Certes, une déduction basée sur une

---

[6] Je vous rappelle tout de même que j'ai près de cinq milliards d'années d'existence consciente, donc « récemment » n'a peut-être pas la même teneur pour moi… Promis, je ferais un effort pour maintenir une chronologie compréhensible.

infinité de paramètres parfaitement maîtrisés, mais que voulez-vous, je ne suis pas non plus tout seul dans l'univers. Aussi fiables mes analyses soient-elles, parfois, rarement – en fait, ce fut la première fois – il y a quelque chose d'imprévisible qui se produit.

Donc récemment, il y a environ 9 millions d'années, quelque chose change de manière drastique. Vous devez comprendre qu'en tant qu'entité immatérielle, ma perception est bien plus étendue que la vôtre. Je ne suis pas limité à « voir » au-delà d'une certaine distance, ni à « n'entendre » qu'une faible partie des fréquences existantes.

En tant qu'entité présente dans les plus infimes constituants de la planète, je perçois le monde comme une série de fluctuations énergétiques en quelque sorte. Je ressens les signatures propres de chaque chose en tout temps et en tous lieux. Une sorte de compréhension globale de notre Terre au niveau le plus intime. Et tout comme vous pouvez dans une certaine mesure vous concentrer sur votre champ de vision pour voir les détails spécifiques d'un paysage plus vaste ; je peux moi aussi percevoir la signature énergétique de chaque chose qui compose la Terre, de la plus petite des particules à la plus grande des montagnes, en passant par chaque individu de n'importe quel groupe animal, végétal ou minéral.

Or, il y a 9 millions d'années de cela, je ressens un brusque changement dans une aura, jusque-là insignifiante. J'y suis attiré aussi sûrement que l'aiguille d'une boussole par le pôle magnétique[7]. Cet esprit possédait quelque chose que je n'avais non seulement jamais perçu auparavant, mais il revêtait une nature que je n'avais pas su concevoir : celle d'une existence sur un plan matériel.

Voyez-vous pour moi, tout est — enfin était — énergie et fluctuations électromagnétiques. La masse et la matière ne représentaient qu'une concentration particulière de cette énergie. Mais cette aura m'apporta la perception d'un nouveau plan d'existence. Un plan si bas, si lent, si éloigné du mien, qu'il en demeurait littéralement impossible à entrevoir au milieu de toute la magnificence de mon propre monde ; je parle bien sûr ici de votre niveau d'existence. Pour moi ce fut une révélation. Je n'avais jamais essayé de ressentir si profond dans la matière. C'est un peu comme si soudain une pierre se mettait à rebondir toute seule sous vos yeux, narguant votre conception de la roche inerte et vous forçant à vous demander ce qu'il peut bien y avoir à l'intérieur.

Ce courant énergétique nouveau qui attira mon attention sur cette aura représentait une « pensée » dans mon monde. Il y a 9 millions d'années de cela, un cétacé concevait pour la première fois au fin fond de son cortex la possibilité d'un univers différent du sien, plus élevé et impalpable. Cette idée, cette étincelle ressentie de mon côté éthéré, embrasa l'aura de ce mammifère et m'apporta la perception d'une conscience autre que la mienne propre et celles de mes

---

[7] Qui à cette époque n'était pas le Nord. Mais je vous accorde qu'il est aisé de s'y perdre, cela change tout le temps (tous les 800 000 ans environ)

deux compagnons de fortune indissociables, mais peu bavards à mon égard. Une vie consciente résidait bien dans la matière !

Dès lors, je devins quelque peu obnubilé par ce plan d'existence. Enfin quelque chose de nouveau à détruire me dis-je. Je m'attelais donc à trouver un moyen d'agir sur ce niveau de vie. En fait, « agir » s'avéra simple. D'un point de vue énergétique, les actions que je menais de mon côté avaient toujours eu des répercussions sur un plan matériel intrinsèquement relié au mien. Mais je voulais plus que cela, je voulais « vivre » les conséquences de mes actes dans ce niveau, incarner ce Nouveau Monde en quelque sorte. Mais j'eus beau expérimenter, détruisant quelques espèces marines au passage, rien n'y fit. Même si là-bas, de l'autre côté, plusieurs entités accédaient désormais à un degré de conscience plus élevé, cela ne suffisait pas à constituer une passerelle entre nos deux plans sur laquelle j'aurais pu traverser. Je savais que je devais m'infiltrer à travers les représentations énergétiques de ces êtres corporels, par leurs auras, leurs « esprits », pour pénétrer de plain-pied dans cet univers matériel. Mais ces esprits s'avéraient trop forts, trop sereins, leur perception du monde trop évoluée pour me permettre de m'immiscer. J'essayais sur quelques générations de modifier leur énergie, mais ils devenaient alors incapables d'élever leur pensée à un niveau suffisant. J'avais l'impression de détenir les clés d'une porte qui n'existait pas encore[8].

---

[8] Je n'appris que beaucoup plus tard que les cétacés étaient en fait

Fort heureusement, l'attente ne fut pas trop longue, et quelques millions d'années plus tard, je perçus un nouveau remous. Une autre espèce venait de concevoir la présence de mon monde et frapper ainsi à la grande porte de la confrérie des êtres à niveau de conscience élevé. Nous sommes 30 000 ans avant ce jour, et sur votre plan d'existence, un anthropoïde conceptualise une nouvelle idée, amenant ses facultés cognitives à un degré qu'il m'est possible de discerner. Il est petit, mais son cortex est bien plus développé que le vôtre. Là encore, j'expérimente, cherchant un moyen de descendre le long de ses pensées. Mais là encore j'échoue ! Encore un esprit trop fort sans doute, comme les cétacés. On ne le saura jamais, car de dépits j'annihile toute trace de cette signature énergétique. Que voulez-vous, je revendique mon droit à la frustration une fois tous les 10 000 ans.

Bien m'en prit, car une autre énergie — jusque-là insignifiante et masquée par la forte aura de Neandertal — me parvient : Homo Sapiens développe le gène du langage… Ce n'était pas une première en soi, de nombreuses espèces avaient maîtrisé ceci bien avant, mais c'est le point de départ d'une épopée pour moi. Car Homo Sapiens est si proche de concevoir mon univers, je peux le voir dans leurs auras qui frétillent, leur perception du monde change en même temps que

---

protégé par l'activité sans cesse élevée de leur cerveau. Leur capacité à rêver tout en restant fonctionnel, cette maîtrise de leur subconscient et leur haute perception m'étaient – et me sont toujours – impénétrables.

la parole leur vient, c'est pour eux un élément décisif. Ils sont un peu plus lents que leurs prédécesseurs néandertaliens, bien en deçà des cétacés… J'ai un espoir.

Enfin, il y a 25 000 ans, ils appréhendent la possibilité d'un « autre chose », élevant leur conscience vers moi. Ils dépassent même mes espérances et bientôt « J'entends » mon nom pour la première fois : « Agrah ». Deux syllabes gutturales lâchées comme une interrogation par un singe pelé vêtu d'une peau et pointant son silex vers les cieux un soir d'orage au sommet d'une falaise de Dordogne. J'en ai toujours gardé un intérêt particulier pour cette région et pour les Français par la suite.

Vous décrire ce que je ressentis alors est difficile. Cette force, cet immuable appel… Et pourtant, cela restait insuffisant, impossible encore de m'incarner. Impossible de descendre le long de cette pensée pour rejoindre son créateur. Cette évocation éphémère de mon nom restait trop courte, elle n'avait pas encore assez d'emprise pour me permettre d'entrer. Le cadre de la porte s'était dessiné, il en manquait toujours le battant.

De génération en génération, mon nom perdura, le concept de mon existence traversa les âges pendant 5 000 nouvelles années. Nous sommes désormais 20 000 ans avant ce jour, et Homo Sapiens dessine. Il peint et grave sa parole, lui donnant une consistance plus concrète, plus matérielle, plus durable. Je ressens ce nouveau remous comme une décharge. Je le sais, je le sens, quelque chose se trame. Je concentre tout mon être, toute ma force…

Un dessin né dans l'esprit d'un ancien, un symbole pour identifier un nom, une incarnation pour écrire « Agrah ». L'ancêtre trace un triangle ouvert dans la terre, pointe vers le haut, et y ajoute un cercle entre les deux jambes. Il indique le symbole du doigt et murmure « Agrah » d'un air incertain.

J'entends son appel. Je m'identifie au symbole qui me représente. Ce que cet être corporel vient de tracer dans la poussière, c'est ma marque, c'est mon nom, c'est… moi ! Ma perception change, j'y parviens presque. Pénétrer cette aura, pénétrer son esprit…

Là-bas, l'ancien s'endort, près de son nouveau symbole.

J'y suis ! Je n'ai pas d'emprise, tout reste noir, mais j'y suis… un concept : « sommeil », donc *il* dort… je ne peux pas bouger. Si proche, j'envahis son esprit, mais pas encore son corps. Je pense « Agrah », je focalise toute ma volonté sur mon nom, et sur mon symbole que je ravive dans ce subconscient.

Allongé à même la terre, l'ancien parle dans son sommeil :

Agrah… Agrah… Agrah…

Il s'agite, et s'éveille.

Non ! Je suis rejeté dans mon propre plan. Si proche du but… Je ne peux donc que pénétrer leurs esprits lorsqu'ils dorment. Le battant de la porte se dessine, mais il manque encore un élément ; la poignée. Pourtant, dans son rêve, je sentais que je pouvais agir, modifier sa pensée, insuffler ma présence. Il doit se donner à moi, il doit s'abandonner librement et totalement…

L'ancien s'est rendormi, d'un sommeil agité empli par la peur.

Je m'immisce de nouveau dans ses songes. Il doit me reconnaître, admettre ma toute-puissance sur lui, capituler et m'offrir sa raison.

— Je suis Agrah, je suis ton maître ! hurlais-je dans son subconscient.

L'ancien s'éveille en sursaut et je suis de nouveau refoulé de son esprit.

En cet instant précis, j'aurais détruit toute cette lignée d'Homo Sapiens si ce ne fut pour un remous particulier dans l'aura du vieil homme qui attira mon attention. Là-bas, sur les rives de ce monde corporel, quelque chose était en train de changer.

L'ancien est assis, éveillé, les paupières grandes ouvertes, et pourtant son regard reste lointain. Il scrute posément autour de lui. Il ne semble pas voir ce qui l'entoure, jusqu'au moment où il pose ses yeux sur un silex. L'ancien ramasse la roche pointue d'un geste placide et commence à murmurer comme une litanie.

— Agrah… Agrah… Agrah…

Il pointe le silex vers sa cuisse, les yeux hagards, il est en transe. Il entaille sa peau, retenant une grimace de douleur en continuant à psalmodier.

— Agrah… Agrah… Agrah…

Il trace un sillon rouge dans sa chair, puis un second pour former un triangle ouvert.

— Agrah… Agrah… Agrah…

Pour finir, il grave le cercle entre les jambes du triangle. Sa cuisse arbore désormais le symbole qu'il a créé quelques heures plus tôt. Sa main lâche le silex qui tombe sur le sol avec un bruit mat.

L'appel… L'appel de la chair ! J'y suis, enfin ! Je concentre toute mon essence, tout mon être. Des milliers de piqûres, nouvelle information : la douleur ! Ma cuisse me pique. Cuisse ? C'est une partie de mon corps. Corps ? C'est mon être, mon être charnel…

J'incarne l'ancien, je suis l'ancien… Je suis matière, je suis chair, j'arpente enfin ce lieu inconnu, ce monde physique, ce monde à découvrir et à détruire…

La maîtrise de la chair

Bien sûr, cette première expérience fut désastreuse. N'ayant aucune notion du matériel, je découvrais tout : Vision, ouïe, odorat, goût et toucher d'une part. Mais aussi la douleur, la faim, les excréments… C'est beaucoup à prendre d'un coup lorsque l'on a vécu plusieurs milliards d'années en tant qu'être éthéré. Et c'est d'autant plus difficile quand on croit avoir notion de tout et qu'il devient apparent que tout un monde vous avait échappé.

Autre problème, et de taille ! J'avais certes pu incarner l'ancien, mais une fois de chair, je ne pouvais plus rejoindre mon propre niveau d'existence. J'étais en effet incapable de quitter la carcasse de ce bipède primitif. Son esprit m'appartenait, tout comme son corps, mais du coup j'avais perdu toute connexion avec mon monde. Même en dormant, en essayant de rêver à mon univers, de me projeter là-bas, rien n'y fit ; je restais prisonnier de cette masse charnelle. Pour la première fois de mon existence, je ressentis une force étrange, à la fois puissante, mais me rendant vulnérable : la peur !

Incarner l'ancien m'avait en effet instantanément donné accès à tous ses souvenirs, sa vie, ses connaissances et ses craintes. Parmi ces dernières, la terrible panique provoquée par l'idée de la mort… Un concept qui m'était étranger jusque-là et embrasa en moi la même appréhension que pour tout mortel. Incarné dans cette masse de chair, prisonnier de ce corps matériel, allais-je moi aussi subir les outrages du temps, vieillir et mourir ?

Instant édifiant de mon existence – si court fût-il – que celui où je pris conscience d'être – peut-être – vulnérable. Fort heureusement, il n'en était rien. Malade, le corps de l'ancien dépérit vite, et je me retrouvais à agoniser. Ce fut ma première expérience de la mort. Une expérience salvatrice dans mon cas, puisque le décès de mon hôte me libéra dans l'instant vers mes propres limbes.

L'ancien s'avéra donc le premier succès qui marqua le début de bien d'autres incarnations, chacune rendue possible par le même rituel ; la pensée, l'esprit, et le corps.

D'abord, une pensée ou un rêve devait arriver jusqu'à moi. Ensuite, je devais pénétrer l'esprit auquel appartenait cette idée, via le subconscient de mon futur hôte. Puis je devais instaurer en lui une telle obsession de mon existence et de ma présence à ses côtés, qu'il en finisse par s'automutiler de mon nom. Seul ce dernier acte charnel pouvait arrimer fermement le lien qui reliait mon univers d'éther au vôtre, de chair.

Enfin, une fois ma curiosité satisfaite, il me suffisait de disposer de mon véhicule en induisant la mort physique de mon hôte. Et soyons honnêtes : la mort corporelle d'un homo sapiens n'est pas bien difficile à obtenir…

Au cours des siècles, j'appris à pouvoir m'immiscer dans les esprits durant les rêves, mais aussi les comas et les transes. Je parvins également à reconnaître certains esprits plus ouverts : fous divers, mystiques, voyants, artistes… Il existe des personnes avec des prédispositions cérébrales qui les rendent plus… disons… réceptives à mon charme.

Mon nom évolua au fil des temps, de plus en plus complexe et raffiné en fonction des cultures. Différents symboles, puis différents alphabets. Quelle qu'en soit la représentation, votre âme et votre corps doivent avoir pleinement conscience de mon nom. C'est ce rituel, ce cheminement depuis votre esprit vers votre corps par la mutilation de votre chair, qui m'ouvre la porte.

Évidemment, j'aurais pu depuis longtemps mettre fin à votre existence. Après tout, je suis Destruction, n'est-ce point là mon rôle ? Ne vous inquiétez pas, cela viendra… Mais après tout, cela ne fait que 20 000 ans que je joue avec vous, je ne suis pas encore lassé. Et puis qui vous dit que je ne vous ai pas déjà détruit à retardement ?

Parce que pour vous et votre vision si réduite dans le temps, la destruction de votre espèce est tout de suite vue comme un gros cataclysme, une météorite qui tombe, une épidémie foudroyante, dans tous les cas : quelque chose de ponctuel, de rapide et fulgurant… Mais pour moi, destruction de la vie ne rime pas forcément avec apocalypse brutale, ce serait la solution d'un néophyte.

Votre propension à détruire tout ce qui vous entoure au point de mettre votre propre existence en danger, elle vous vient d'où ? Cette faculté de vous entretuer, c'est quoi ? Ce merveilleux penchant à vous suicider et vous autodétruire, quelle en est l'origine ? Vous pensez que c'est génétique ? Psychologique ? Sociétal, religieux, comportemental, environnemental ? Où songez-vous qu'il y a peut-être une étincelle, une fibre en chacun de vous, qui vous « pousse » à agir ainsi ?

J'ai passé des millénaires à arpenter votre monde, de corps en corps, de génération en génération, de race en race. Maîtrisant sans cesse mieux cette chair qui est la vôtre. Parfois je passais une vie entière dans un hôte, juste pour ressentir l'écoulement du temps, et modifier de manière plus subtile votre évolution. À d'autres moments, je possédais un corps pour quelques minutes, simplement pour absorber ses expériences terrestres.

Au fur et à mesure, ma maîtrise devenant totale, je me mis à choisir mes véhicules non plus pour leur facilité d'accès, mais pour leurs atours. Je ne parle pas de leur physique, qui ne revêt aucun intérêt pour moi, mais de leurs atours spirituels.

En effet, je cherche désormais des personnes hautes en couleurs, aux expériences troublantes, et aussi, je dois l'admettre, qui m'opposent une certaine résistance. Après 20 000 ans on se lasse vite des possessions trop faciles, cela manque de panache.

Rien de plus satisfaisant pour moi que de briser un esprit fort, hors pair. D'avoir réussi à braver toutes ses barrières mentales au point de le subjuguer et de le pousser à l'automutilation finale.

Se glisser dans le corps qu'un esprit puissant fut difficile à convaincre reste, même pour moi, un plaisir intense.

C'est ainsi que je fis la connaissance de Patrick…

Un mental d'acier

Patrick est ce que vos psychiatres tout puissants appelleraient dans leur jargon pseudo-médical une « personnalité atypique ». C'est-à-dire que malgré leurs connaissances, qu'ils pensent immenses, malgré leurs laborieuses et longues années d'études, bien qu'ils estiment tout savoir sur la psyché humaine, et bien… Ils n'ont au final aucune idée de ce que Patrick est, et ils ont donc inventé une catégorie fourre-tout pour les personnes comme lui qui ne semblent pas « normales » dans le strict sens social du terme, sans pour autant rentrer dans une case bien définie de troubles psychotiques connus.

Ce n'est pas très grave étant-donné que Patrick n'a jamais vu un psychiatre de sa vie. Il n'en a pas besoin d'ailleurs, les individus de son acabit qui se retrouvent à consulter sont souvent envoyés en thérapie par leurs proches, ils y vont rarement d'eux-mêmes.

En effet, ne pas être conforme aux normes sociales en vigueur inclut le fait de se ficher pas mal de ce que la société pense de vous, sans pour autant être mal dans sa peau. Il vaut donc mieux que les carnets de rendez-vous des psychiatres se remplissent pour épauler des adolescents paumés et abandonnés par leurs parents en matière d'éducation, des jeunes cadres dynamiques trop stressés, ou des quadragénaires en pleine crise identitaire. Patrick, lui, n'est pas « malade », il n'a pas besoin d'aide, et son comportement asocial n'est que la marque de son génie.

Et du génie, il en a ! Croyez-moi, de là où je suis, je perçois ce genre de chose avec une acuité toute particulière. Son aura aux éclats de feu et la chaleur qu'elle dégage représentent un véritable menu gastronomique pour moi. Je sais que cet esprit est fort, pimenté, goutteux. Je sais qu'il a du corps, je sais qu'il me faut le dévorer…

Quand je dis « un esprit fort », je ne fais pas spécialement allusion à ce que vous appelez communément « l'intelligence », et qui reste somme toute une unité de valeur destinée à quantifier sur une échelle graduée vos sujets par définition les moins capables.

C'est toujours le même problème d'échantillonnage dans lequel vous vous embourbez. Par exemple, vos tests de QI ne peuvent que mesurer l'intelligence d'individus normaux et entrant dans le cadre cognitif du créateur du test lui-même. Mais si l'intellect de votre sujet s'avère bien supérieur, alors le questionnaire perd sa validité. Il ne peut plus indiquer quoi que ce soit, car la personne observée transcende la structure même de l'épreuve et ne peut pas, par nature, rentrer dans une des « cases » prédéfinies par ledit test.

La recherche d'individus d'exception ne peut pas, par définition, s'opérer à l'aide d'outils mesurant ce qu'il y a de plus commun dans les masses... Tout au plus identifierez-vous les plus intelligents au sein de la moyenne, et les glorifierez alors à tort comme incarnant une élite. Mais les vrais grands esprits, rares par définition, auront souvent échoués à ces tests dont le fondement et la mécanique sont erronés à leurs yeux. Une personne capable de conceptualiser un cercle carré par exemple ne peut pas performer de manière efficace dans un questionnaire étriqué qui ne comporte pas de réponses adéquates, parce que trop « inintelligentes », limitées et/ou fausses. Là où votre soi-disant élite affirmerait en un millième de seconde que l'équation « 1+1 » est égale à « 2 », satisfait de son temps imbattable, d'autres plus ouverts et sortant du carcan mathématique décimal argumenteraient que « 1+1=10 » (en base binaire). D'autres objecteraient que « 1+1=1 » (en logique booléenne) voir que « 1+1=3 » (1 homme + 1 femme = 1 homme + 1 femme + 1 enfant = 3)

En guise d'exemple très simple, imaginez-vous soumis à un questionnaire âgé de plus de mille ans et destiné à évaluer votre intelligence. Quand bien même vous pourriez lire le parchemin en vieux français, vous passeriez de toute façon pour le dernier des crétins. En effet, pourquoi résoudre des équations mathématiques complexes pour calculer combien de temps prendrait un cavalier filant en ligne droite à vitesse constante pour revenir à son point d'origine. Alors que franchement, tout le monde à cette époque sait que ce n'est pas possible puisque le monde est plat, et que par conséquent le cavalier ne peut pas revenir à son point d'origine en filant droit, gros bêta, va !

De même, vous pointeriez sans hésiter votre boîte crânienne en guise de réponse à la question « *où se trouve le siège de la pensée* ? », alors que tous les érudits de l'époque vous le diront, c'est dans le cœur que cela se passe.

Aussi intelligent vous croyez-vous, face à une société dont les normes ne sont pas les vôtres, c'est vous qui seriez le paria, à tort ou à raison ? Génie ou crétin ?

Patrick est donc un génie, à mes yeux tout du moins, pas nécessairement à ceux de ses contemporains. Il n'est pas un scientifique aguerri, pas non plus un mathématicien ambitieux, mais sa perception des choses et sa sensibilité le revêtent d'un don artistique certain. Et comme le génie s'accompagne souvent de ce qui peut paraître être des défauts – c'est normal, c'est une question d'équilibre naturel –, Patrick, outre de sculpter à merveille, est aussi un introverti et phobique social.

Notez que si le génie s'accompagne de son lot de défauts, la réciproque n'est pas vraie. Les défauts, eux, ne signifient pas forcément des prestations géniales au bout du compte. Sinon votre espèce serait des plus évoluée…[9]

Enfin, que suis-je pour deviser sur les qualités et les défauts de chacun, quand, après tout, je suis fondamentalement ce que vous concevez comme étant le pire des défauts…

J'ai perçu la largeur d'esprit de Patrick un peu comme vous découvririez une étoile filante qui traverse le ciel d'été par hasard devant votre regard. J'ai tout de suite senti un grand potentiel, une recherche unique de la représentation de l'univers. Une sorte de force tranquille et pourtant en perpétuel questionnement et ébullition habitait cette aura.

Oh ! Faire Un avec cet esprit, dominer cette âme, voir le monde matériel à travers les yeux du corps abritant cette archée… Tout un programme.

Je m'attelais donc, fort de mes quelques millénaires de pratique, à envahir tout d'abord son univers

---

[9] Si à ce stade de la lecture vous pensez encore que l'espèce humaine est évoluée, je vous engage à arrêter là. Les dernières éditions de « Voici » ou « Gala » doivent être en kiosque à l'heure qu'il est. Vous devriez peut-être vous tourner vers ce genre de littérature… Pour les autres, qui commencent au moins à douter, je vous en prie, oubliez cette digression désobligeante et poursuivez…

onirique. Cette sorte de sas entre mon monde éthéré et votre plan corporel est souvent mon choix de prédilection pour me « présenter » à mes hôtes.

Par une nuit fraîche et calme, j'insufflais donc ma présence à son esprit endormi. Mais tout de suite, je pris conscience d'un comportement différent. Presque immédiatement il y eut en effet une sorte d'acceptation latente de mon existence. En général je retrouvais ce type d'assentiment chez des individus beaucoup plus influençables, des individus que je pouvais arriver à incarner en quelques minutes à peine. Mais là il n'y avait même pas eu la moindre résistance, comme si… comme si mon existence était déjà envisagée, déjà présente, déjà acceptée ?

M'étais-je trompé ? Allais-je posséder Patrick comme une autre de mes innombrables marionnettes ? Sans combat, sans rébellion, donc sans défaite et sans saveur ? Pourtant, son énergie irradiait de manière si différente, si prometteuse…

Mais Patrick, mon bon Patrick, ne fut pas une déception, loin s'en faut. Accepter mon existence ne représentait aucun effort pour lui qui m'avait déjà conceptualisé au sein de myriades d'autres possibilités et représentations du monde. Lui insuffler mon nom ne s'avéra pas beaucoup plus difficile, on cherche toujours à identifier ce que l'on conçoit, et il fut ravi de pouvoir me coller une étiquette. Mais Patrick avec une telle maîtrise de son subconscient, une telle faculté de cloisonnement, ne s'en ouvrit pas à moi pour autant.

Nuit après nuit, songe après songe, je tâchais de renforcer ma présence, de devenir une obsession, de gouverner ses rêves. Mais rien n'y faisait, son mental d'acier résistait à mes attaques les plus insidieuses. Pire, loin d'être ébranlé, il paressait se nourrir de ma compagnie, raffermir ses pensées. Je ne pouvais pas pénétrer pleinement son esprit durant mes incartades nocturnes puisque son conscient me demeurait inaccessible, mais il me semblait avoir décuplé sa créativité. Un paradoxe dont l'ironie ne m'échappa guère.

Je me retins d'en finir là, éradiquant son énergie de mon plan d'existence. Mais après tout, ne l'avais-je pas choisi pour cela ? Dans le secret espoir qu'il me résiste ? N'avais-je finalement pas arpenté ce monde à la recherche d'un adversaire à ma taille, à la recherche d'une opposition quelconque ? Alors, pourquoi vouloir l'anéantir si vite ? Détruire, oui, mais si cinq milliards d'années d'existence m'ont bien appris quelque chose, c'est comment détruire avec du style !

Je voulais plus que jamais vaincre sa psyché, m'immiscer au plus profond de son être, le forcer par tous les moyens à inévitablement m'accepter et s'abandonner à moi.

Les moyens conventionnels ne fonctionnant pas, avec Patrick je dus donc avoir recours à d'autres méthodes plus à mon niveau : l'intimidation et le chantage !

Lui pouvait certes me résister, mais tout le monde ne pouvait pas en dire autant. Sa sœur par exemple, s'avéra aisée à convaincre, et avant de la faire se jeter du haut de l'immeuble où elle travaillait, j'avais pris soin de laisser un message sur le répondeur de son frère. « Bonjour frérot, j'ai un message de la part d'Agrah : *Julie n'est que la première d'une longue liste si tu ne te soumets pas à moi…* Adieu… »

Théâtrale, certes, mais efficace. Une fois la nouvelle du plongeon de Julie parvenue aux oreilles de son frère, sa réaction ne se fit pas attendre. Je perçus dès la nuit suivante certaines barrières tomber dans son esprit. Oh, il ne lâcha pas prise tout de suite bien sûr, un dernier bastion de résistance restait présent. Mais j'imprimais l'inéluctable condition de sa reddition dans son subconscient : graver mon nom à même sa chair en symbole de sa soumission totale.

Il resta longtemps sans dormir, me coupant ainsi de tout contact avec son esprit. Mais je savais bien que son besoin de sommeil finirait par être le plus fort.

Il n'en fut rien cependant. Au final, je n'eus pas à user d'autres persuasions oniriques. Patrick signa sa reddition sans prendre plus de repos, et au bout de quelques jours, enfin, je perçus cet appel tant attendu : mon nom, la chair, le monde matériel. Je me ruai donc sur son aura et pénétrai son esprit et son corps mutilé, comme jamais encore je n'avais incarné un être humain. Ma jouissance était totale ; j'avais enfin vaincu Patrick.

Le colosse d'acier

Ma jouissance fut certes totale, mais elle fut aussi de très courte durée. En ce moment précis où mon être entre en symbiose avec le corps de mon hôte, tout l'esprit de ce dernier me devient accessible. Toute la partie consciente, qui m'était jusque-là cachée, s'ouvre enfin à moi, et tout ce que mon hôte a été, dit, fait et pensé m'est révélé instantanément. Toutes ses expériences et connaissances m'apparaissent avec une parfaite clarté en même temps que je prends pied dans le monde matériel.

Et deux choses devinrent claires pour moi au moment de posséder Patrick : ma démise, et l'impossibilité d'y échapper.

Je ne venais, non pas d'incarner Patrick, mais sa plus fidèle réplique. Et pris à mon propre jeu, je ne pourrais en sortir qu'à sa mort… Or, cette réplique n'était pas vivante…

Bien sûr, pour moi cette fulgurante vérité fut appréhendée, comprise et assimilée en un instant. Mais pour votre bénéfice, laissez-moi vous détailler ce que l'esprit de Patrick recélait à mon arrivée.

Quelques semaines plus tôt, alors que je remarquais moi-même son existence, Patrick travaillait à son nouveau projet : « L'échelon supérieur ».

Une sculpture d'acier. Une œuvre conçut au moyen d'outils de modélisation 3D, fabriquée en partie par moulage, et en partie par usinage. Un concept en plusieurs pièces, réunies ensemble par divers techniques de soudage et de polissage.

Un projet sur lequel il travaillait déjà depuis des mois, et qui devait être sa représentation d'un niveau supérieur d'intelligence, de compréhension, de structure de l'Univers lui-même. Pas étonnant donc que lors de ma première incartade nocturne, son inconscient se soit montré si réceptif à mon existence.

Plus j'avais insisté à m'imposer dans ses songes, et plus il avait affiné sa sculpture. Plus je l'avais poussé vers la démence, et plus il avait canalisé son énergie dans son art. Si bien qu'alors que de mon côté j'essayais d'abattre un mur, je participais malgré moi à son renforcement en y injectant toujours plus de matériaux.

Ce que je ne pouvais pas voir dans ses songes, ce qui demeurait dans la partie consciente de l'esprit de Patrick, c'était toutes les découvertes qu'il avait faites sur mon compte.

Du moment où je l'avais imprégné de mon nom, Patrick s'était lancé dans une vaste enquête. Étant totalement isolé, il avait tout d'abord fait des recherches digitales, interrogeant moteurs et forums divers dans les méandres de l'Internet. Mais lorsqu'il fut apparent que d'autres sources d'informations lui échappaient, il dut faire un choix difficile : sortir affronter le monde extérieur !

Mais l'ayant de mon côté poussé à bout, il finit par franchir le seuil de son loft et faire face à sa terrible angoisse d'interaction avec autrui, afin de pouvoir consulter d'anciens ouvrages dans les bibliothèques de la capitale.

Là, recoupant ces sources papier avec d'autres références et témoignages recueillis sous forme digitale, son intelligence et sa capacité de déduction lui permirent d'apprendre beaucoup à mon sujet.

De découvertes archéologiques en livres d'histoire, de compte-rendu de procès médiévaux en retranscriptions de chants et contes folkloriques oraux, il finit par entrevoir une partie de mon existence, de mes incartades dans votre monde et de mon modus operandi.

Quand enfin je m'emparai de sa sœur et la tuai, j'annihilai en même temps la seule personne avec qui Patrick gardait encore de fréquents contacts.

Ce faisant, j'arrivai certes à mes fins en brisant les dernières limites de Patrick, mais pas du tout avec les répercussions que je pouvais attendre. Les jours suivants la réception du message que j'avais laissé sur son répondeur, Patrick ne s'attela qu'à une chose : ma propre destruction.

Il investit donc tout son génie, toute son énergie, tout son esprit, toute son Âme à terminer son œuvre. Tant et si bien que sa sculpture rayonnait désormais de l'aura même de son créateur.

En point d'orgue, il se sectionna le petit doigt de la main gauche et l'intégra à la dernière pièce de son chef-d'œuvre.

Puis, patiemment, il grava mon nom en lettres gothiques sur la plaque d'acier brillante vissée sur le socle.

Esprit, chair, mutilation et mon nom gravé… Tout était réuni pour que de mon côté je ressente l'Appel. Et aveuglé par ma victoire, je pénétrais le monde matériel en incarnant « L'échelon supérieur ». Une œuvre avant-gardiste dans laquelle l'artiste avait non seulement mis son âme, mais aussi une partie de son corps.

Privé de tous mes sens, je pouvais néanmoins savoir à quoi je ressemblais en me fiant à la mémoire de Patrick, désormais mienne. « L'échelon supérieur » représentait la statue d'un être bipède mal dégrossi aux traits brouillés et à la posture bien droite. Tout d'acier inoxydable poli, les infimes traces d'outillage lui dessinaient comme un fin pelage qui brillait sous certains angles de lumière. Son bras droit fléchi, main au-dessus de la tête et légèrement tendue en avant, le colosse d'acier portait, tel un serveur son plateau de victuailles, la représentation d'un autre monde. Un monde avec des couleurs uniques qui contrastaient avec le gris argenté uni du bipède, obtenues en combinant échauffement et brusque refroidissement du métal. Un monde éthéré, composé de nuages bleutés, de courants orangers, d'énergies mordorées. Mon monde…

Patrick, Patrick, Patrick… mon royaume supporté par un être matériel, tel un Atlas des temps modernes ! Bravo ! Quelle ironie. Comme si mon essence n'était liée qu'à l'imaginaire, au bon vouloir des hommes ? Ou comme si l'échelon supérieur, l'évolution suprême, serait pour eux de rejoindre mon niveau d'existence ? Quel artiste Patrick, quel visionnaire. J'en viendrais presque à espérer que tu puisses réellement « gagner ». Mais voilà,

Destruction est inaltérable, les dés étaient pipés depuis le début. Mon emprisonnement ne perturbera pas le moins du monde l'ordre établi. J'ai depuis longtemps trouvé dans mon arsenal une arme infaillible et autonome qui se chargera de poursuivre mon œuvre de destruction sans que ma présence ne soit requise : Le Temps[10], cet instrument immuable va continuer à jouer son rôle de sape perpétuel sur toute chose.

---

[10] Combien de temps avant que cette sculpture, mélange de fer et de carbone, ne s'oxyde, ne s'effrite, ne perde sa cohésion moléculaire ? 5 000, 10 000, 20 000 ans ? Plus ? Bagatelle ! Mon absence sera éphémère, même l'acier meurt un jour…

Passages

Noir et blanc, blanc et noir, c'est tout ce qui compte pour moi en cet instant. Je n'entends rien, je ne sens rien, je ne vois rien en dehors de ces deux zones imprimées sur ma rétine, l'une sombre et l'autre éclatante, séparées par une parfaite ligne droite. Mon champ de vision est réduit, et comme je ne peux pas bouger les yeux, seule cette délimitation brutale entre les deux teintes fondamentales me parvient.

Je n'ai pas peur en cet instant étrange où je ne perçois presque plus rien. Je n'ai pas peur, car il reste ces deux nuances qui s'offrent à mon regard. À quelques centimètres près, mes yeux ne se seraient pas posés sur la parfaite délimitation rectiligne. Je n'aurais alors plus vu que du blanc, ou que du noir, sans aucun point de repère, aucune possibilité de continuer à raisonner, à faire fonctionner les rouages de mon cerveau, qui pour le moment semblent être la seule chose répondant encore à ma volonté.

Noir et blanc, c'est tout ce qu'il me faut pour poursuivre ma route. Rien de plus basique que ces deux concepts. Tout peut être fragmenté, divisé, réduit à ces deux bornes. N'importe quelle idée, n'importe quel individu peuvent être ramenés à une suite, une addition de ces deux couleurs.

Oh ! bien sûr, certains pensent que « tout n'est pas juste noir ou blanc… Il y a des zones de gris ». Ils se trompent ! Je dois le croire, je dois m'en persuader, car pour moi, en cet instant, seuls le noir et le blanc subsistent. Rien d'autre n'existe dans l'univers. Si je ne donne pas crédit à cette idée fondamentale que tout peut être défini par ces tons, alors je suis perdu.

Pour moi, le gris est impossible à obtenir. Je ne peux même pas loucher pour mélanger les deux teintes qui s'offrent à moi. C'est pourquoi je dois croire que tout peut être reconstruit uniquement à partir de noir et de blanc. Tout, même un individu complexe comme moi…

Noir ou blanc ? Homme ou femme ? Je suis noir. Je l'ai toujours été, avec mon lot de bravades inutiles, d'épreuves puériles et d'impulsivité primaire.

Noir ou blanc ? Fort ou faible ? Blanc. Je n'ai jamais vraiment eu à surmonter une adversité qui puisse justifier que je me considère comme « fort ». Peut-on l'être quand on est né en occident, avec une cuillère – même si elle n'est pas en argent – dans la main ?

Noir ou blanc ? Conservateur ou réformateur ? Réformateur. Persuadé qu'il faut changer bien des choses si l'on veut réussir à conserver la viabilité de notre milieu. Paradoxal, me direz-vous ? Oui, comme le sont le noir et le blanc…

Noir ou blanc ? Méchant ou gentil ? Je n'ai jamais tué, violé, volé, ni blessé. Les seules fois où je mens, c'est pour ne pas heurter l'autre. Et s'il m'est arrivé de froisser la sensibilité de certains, par mes actes ou mes propos, ce n'était jamais avec l'intention d'être méchant.

Noir ou blanc ? Mort ou vivant ? Je suis blanc. Vivant ! Parce que je vois ces deux zones justement, parce que je perçois leur délimitation, parce que je pense, parce que je reconnais cette ligne ; la frontière où l'asphalte rencontre la peinture. Je sais que je suis étalé sur un passage piéton. Le choc fut violent, mais indolore. À peine avais-je touché le sol que tous mes sens m'avaient abandonné. Tous, sauf la vue. Et maintenant, incapable de bouger, ni parler, ni ressentir quoi que ce soit, mon univers se réduit à cette bande claire qui traverse le bitume sombre.

Je dois tenir, me concentrer, maintenir cet équilibre de teintes, cette dualité, ces possibilités. J'ai peur… Si l'une des deux couleurs l'emporte, je sais ce que cela voudra dire… Enfer ou paradis ? Je ne suis pas encore prêt à répondre à cette question.

Alors, je me concentre un peu plus, pour exister, pour vivre. Colérique ou patient ? En colère ! Contre le chauffard qui m'a renversé, contre mon patron qui m'a demandé de rester plus tard, contre la météo qui m'a fait porter mon imperméable noir en ce soir d'hiver sans lune, contre la ville dont l'équipe de voirie n'a pas changé l'ampoule du réverbère à ce carrefour, contre moi, contre vous, contre tout !

Malheureux ou heureux ? Heureux de voir du blanc et du noir, plutôt que le néant. Ravi d'avoir une raison d'être, de mobiliser mon cerveau, de sentir passer l'électricité dans mes neurones.

« 0 » ou « 1 » ? Je suis un « 1 », car j'existe. Je suis là, je pense, donc je suis… Je pense… donc je vis…

Moment d'affolement. Une autre couleur fait son entrée dans mon champ de vision. Rouge, écarlate et chaude. Elle coule le long de la bande de peinture, s'infiltre, dévorant peu à peu le blanc, puis le noir, absorbant la ligne de démarcation en une flaque qui s'élargit.

Le rouge gagne du terrain, faisant reculer sans cesse cette dualité à laquelle je m'accrochais tant pour survivre. Rouge… Sans contraste, tout s'estompe lentement sous mes yeux et dans mon esprit. Plus de noir, plus de blanc. Il ne reste que du rouge, rien que du rouge…

Noir et blanc… Je suis en terrain familier, l'espoir renaît. Cette fois, je peux bouger les yeux, et je vois une pièce sombre, trop sombre. Je n'en perçois pas les limites, aucune arête pour en identifier le sol, les murs ou le plafond. C'est le noir complet, et pourtant, devant moi un long couloir blanc brille de mille feux. Étrangement, la lumière de ce dernier ne semble pas pénétrer dans la salle où je me trouve, créant un contraste impossible entre mon univers – est-ce une pièce après tout ? – et l'embouchure du corridor.

Je sens le sol sous mon corps, et « j'entends » le bourdonnement sourd du silence dans mes tympans, rien à voir avec l'absence totale de sensation auditive lorsque j'étais étendu dans la rue. Ma langue me paraît lourde et pâteuse dans ma bouche, comme un élément étranger, et je prends une grande inspiration, autant pour faire disparaître cette impression au niveau de ma langue que pour tester la qualité de l'air qui m'entoure. Tous mes sens semblent opérationnels.

Un peu étourdi, je me redresse sur un bras. Mes muscles répondent, je ne ressens aucune douleur. Ma première pensée et que je suis toujours dans la rue, face à un tunnel d'où un véhicule peut surgir à tout moment. Je me redresse d'un bond à cette idée, mais je manque de perdre l'équilibre. Je ne distingue pas le sol et n'ai pour seul repère que la bouche ronde du couloir, une sensation très perturbante. J'arrive à rester debout. Aucun doute ne subsiste désormais ; je ne suis plus sur la route.

Je palpe machinalement mes membres. Tout est en place, et aucun signe de blessure. C'est impossible, je le sais bien. J'ai vu le bolide blanc surgir du coin, j'ai entendu le bruit sec de mes os se briser lors de l'impact. J'ai encore la sensation du vent sur ma figure tandis que je décollais, puis retombais vers le sol. J'ai toujours le goût ferreux du sang dans ma bouche et l'odeur âcre du bitume dans mes narines. J'ai à jamais cette vision de noir et blanc gravée dans mon esprit : la bande du passage piéton sur laquelle ma tête a atterri.

Je n'ai pas rêvé ces événements, je n'ai pas imaginé ma lutte qui s'en est suivi pour rester conscient, pour rester vivant… Noir et blanc, je pense donc je suis, et si je suis, je vis…

Je sais ce que ce tunnel représente. Un autre passage, mais pas pour les piétons cette fois. Alors, un transit pour qui, et surtout vers quoi ?

Suis-je sur le point de mourir, et est-ce donc LE Passage, l'ultime chemin entre la vie et la mort ? Ou bien ai-je sombré dans l'inconscience en succombant finalement au choc de mon accident ? Dans ce cas, je suis toujours étendu sur la route, pris dans les méandres oniriques d'un coma.

Noir ou blanc ? Un choix s'impose. Dois-je ou non suivre ce tunnel ? Noir : si je suis en train de mourir, ce chemin me mène vers la fin, le néant. Blanc : si je suis enfermé dans un coma, cette lumière me guide vers le monde extérieur, la conscience et l'éveil.

Je reste figé, debout dans la partie sombre, incapable de prendre une décision. Tant que mon esprit est préoccupé, tant qu'il anime encore ce cheminement de pensée binaire entre les deux teintes, j'ai la preuve que je suis toujours en vie. Dois-je vraiment faire un choix ? Ne puis-je simplement pas rester ainsi, à réfléchir, à vivre ?

Comme ici le temps ne semble pas avoir de prise, je ne sais pas si mon débat intérieur dure depuis quelques secondes, ou depuis des années. Mais à un moment donné, je comprends qu'il me faudra avancer. Noir ou blanc ? Après tout, j'ai survécu jusqu'ici en suivant ce principe, je dois continuer à croire que mon raisonnement est le bon. Je dois donc faire un choix, trancher !

Doucement, je tends mon pied droit vers l'entrée du couloir. Le sol ne reflète aucune lumière, il demeure invisible et ma perception de l'espace en est chamboulée. Mon pied trouve finalement appui sur une surface plane et dure, et je continue ma lente progression en cherchant le sol à chaque enjambée.

Au seuil du corridor, l'éclairage qui semble provenir de l'intérieur même des parois leur confère une blancheur immaculée. Le sol, lui, est un long ruban noir parfait. Me voilà rassuré ; non seulement les teintes indispensables à ma survie sont bien là, mais en plus, leur contraste rendra ma progression plus aisée. Je me fais cependant la promesse de ne continuer à avancer que tant qu'il y aura du noir et du blanc, tant que je pourrais poursuivre cette réduction de l'univers à de simples dichotomies, tant que j'aurais la preuve d'être vivant.

Une petite appréhension au moment de passer le seuil, je ne peux m'empêcher un nouveau corollaire : Noir ou blanc ? S'arrêter ou progresser ? J'ai fait mon choix ; blanc…

De plain-pied dans le couloir, je me retourne. La sensation est des plus déroutante. Je ne vois que du noir, la lumière dans laquelle je baigne ne se propage pas au-delà de l'embouchure, enlevant tout effet de profondeur au réduit d'où je viens. Je pourrais aussi bien être en train de contempler l'infini, qu'une simple plaque opaque occultant l'orifice du couloir. Je dois même tendre un bras au-delà du seuil pour me persuader qu'il y a bien là une ouverture.

J'avance désormais le long du couloir, à pas comptés, sans précipitation. Le contraste surréaliste empêche toute estimation de la longueur exacte du passage. Les parois et le sol semblent tous deux unis, comme s'ils étaient constitués d'une seule et même pièce. Sans discontinuité et sans aucun point de repère, il m'est impossible d'évaluer la distance parcourue. Au bout d'un moment, je ne vois toujours aucun orifice devant moi, et je n'aperçois plus non plus celui derrière moi. Mais je ne suis pas inquiet, car je baigne au sein même de ces deux teintes qui — depuis ce qui semble désormais une éternité — sont toute ma raison d'être.

Je continue ma progression hors du temps, sans repères, sans autre certitude d'être encore vivant que par mes comparaisons sans fin entre toute chose et les deux teintes originelles. Infini ou instantané ? Mortel ou Éternel ?

Tout à mes pensées, je n'ai pas vu la sortie du couloir se rapprocher. Ce n'est qu'à quelques mètres que j'interromps mon avancée. Devant moi, un rideau mouvant de particules lumineuses ondule lascivement, comme animé d'une houle verticale. Ce voile multicolore semble habité d'une vie propre. J'hésite à progresser, me souvenant de ma promesse, mais mon long trajet a remis bien des choses en doute. J'avance jusqu'au seuil.

Immobile, j'essaye de percer du regard les volutes de couleurs qui se meuvent devant moi. Je ne parviens pas à voir quoi que ce soit de l'autre côté. Je tends avec précaution un bras à travers l'arc-en-ciel évanescent, fasciné par la richesse de ses coloris. Rien ne se passe, je ne ressens ni froid, ni chaud, ni humidité ni douleur, rien. C'est comme traverser un rayon de lumière. J'hésite. Noir et blanc d'un côté, multicolore de l'autre, dois-je franchir le seuil vers l'inconnu, ou rester ici dans mon univers d'échiquier ?

S'arrêter ou continuer ? Abandonner ou persévérer ? Je joue les blancs, et je m'avance…

D'après les médecins, je suis resté plus de trois minutes en état de mort clinique avant qu'ils ne réussissent à me ranimer. Je suis donc un véritable rescapé. Mes nombreuses fractures me clouent au lit pour plusieurs semaines, suivies d'une longue période de rééducation. Quelques tassements de vertèbres, mais je m'en sors bien ; pas de rupture de la colonne.

Je pourrais marcher à l'aide d'une canne, retrouver l'usage de mes bras, et de la parole dès que ma mâchoire sera ressoudée. Les médecins m'ont bien expliqué que j'aurais quelques douleurs résiduelles, une sensibilité à l'humidité, et que je ne pourrais pas pratiquer de sports intensifs. Rien de tout cela ne me gêne vraiment. J'ai survécu, c'est le principal.

En fait, le neurologue m'a signalé une seule séquelle qui ne se résorberait pas avec le temps. En raison du manque d'oxygène dont mon cerveau a souffert pendant ces trois longues minutes, certaines cellules de mon cortex se sont nécrosées, et j'ai perdu la capacité d'interpréter les couleurs. Cela non plus, ne me dérange pas. Comme un rappel fondamental ; je vivrais donc le restant de ma vie, en noir et blanc...

Le blog

J'ai commencé mon blog il y a de ça un mois, jour pour jour. Depuis je m'y suis tenu et je l'ai assidûment alimenté au quotidien. Mais aujourd'hui, c'est fini, j'arrête, il n'existe plus.

Cela avait pourtant bien commencé. Moi qui suis plutôt « techno déficient », j'avais tout de même réussi à m'inscrire en ligne et à créer mon espace personnel sans trop de difficulté. Une dizaine de clics de souris avaient suffi pour que je trouve un design sobre et contemporain dans les tons pastel. À l'usage, rien de plus simple, tout était intégré ; éditeur de texte, suivi des commentaires et insertion d'images. Si bien que mon premier article – très justement intitulé « premier article » d'ailleurs – fut publié en moins de vingt minutes, estampillé d'un superbe chiffre « 1 » tournoyant.

Les jours suivants, les billets s'enchaînèrent, dépeignant mon petit quotidien. La famille, les amis et les collègues – à qui j'avais tous fait mention de l'ouverture de mon blog – furent les premiers à me laisser des commentaires. Puis quelques anonymes atterrirent sur mon site, amenés là au gré de leurs recherches pour consulter l'article un rien sarcastique que j'avais brossé sur les grèves RATP et SNCF du moment. J'étais officiellement – quoique modestement – entré de plain-pied dans la blogosphère, et j'en étais ravi. Mon enthousiasme fut de courte durée, car bientôt les choses se compliquèrent quelque peu.

Il y a quinze jours, en rentrant du travail, je m'installai devant mon ordinateur et jetai un œil sur les nouveaux commentaires. Un en particulier attira mon attention, il indiquait juste « J-15 » en exergue de mon dernier article sur la baisse de qualité du pain dans ma boulangerie. N'étant pas à l'aise avec les langages SMS et autres abréviations barbares de la communication Internet, le message, dans ce contexte, me parut d'abord sibyllin. Mais comme je suis le premier à savoir que les outils informatiques sont prompts à pousser à la maladresse, je décidai tout bonnement de l'ignorer en le mettant sur le compte d'une erreur de frappe.

Le lendemain, je dus déchanter, car dans mon article de la veille, trônait, fier comme un paon, le seul et unique commentaire : « J-14 ». Comme il n'y a pas de honte à admettre son ignorance, je répondis par un élégant « ?? » en espérant que le visiteur anonyme daignerait éclairer ma lanterne s'il venait à s'aventurer de nouveau sur mon site.

Mais le jour suivant, pas d'explication. Par contre, un sobre « J-13 » agrémentait la zone de commentaires du dernier article sur ma cantine d'entreprise. Bon, à ce moment-là, n'étant pas plus stupide qu'un autre, je compris qu'il s'agissait d'un compte à rebours journalier quelconque. Un décompte de quoi par contre… là, aucune idée. Je m'en enquis donc aussitôt avec un « Tu décomptes quoi, là au juste ? ». – Oui parce que, sur mon blog, tout le monde se tutoie.

Je dus attendre le lendemain pour trouver l'explication, bien en évidence dans un commentaire sur mon article qui dépeignait la météo lamentable des derniers jours. « J-12 avant ta mort ».

Ah ! Vous aussi ça vous surprend ? Imaginez MA réaction… Non, parce que, je suis le premier à admettre qu'il faut de tout pour faire un monde, mais bon, là, tout de même… – pardonnez-moi cette familiarité – y a vraiment des cons ! Ça n'avait rien de drôle. Il y a des limites à tout, et elles avaient été outrepassées… J'ai donc fait ce que n'importe qui aurait fait à ma place : j'ai copieusement insulté le malotru – avec des mots de moins de trois syllabes parce que vu le QI nécessaire pour faire des blagues aussi débiles, je voulais être certain d'être bien compris. Un peu plus et il m'aurait sapé mon envie d'écrire ce soir-là ! Par chance, j'avais en tête un sujet du tonnerre, sur la pénurie de beurre demi-sel dans mon quartier, et je me suis calmé en le rédigeant un peu plus tard dans la soirée.

Je fus extrêmement déçu à mon réveil. Mon père avait l'habitude de dire « il y a vraiment des gens qui sont bouchés à l'émeri », une expression dont le sens m'avait longtemps échappé, mais qui me vint tout de suite à l'esprit en consultant mon blog. On pourrait croire, en effet, que ma véhémence de la veille eut refroidi l'importun, qu'il aurait décroché, passé son chemin, et serait allé polluer le site de quelqu'un d'autre. Eh bien non ! Alors que je sirotais mon petit café du matin devant l'écran, ça ne manqua pas… « J-11 » trônait, laconique, à la suite de mon dernier article. Là, ça n'a fait ni une ni deux, et j'ai… attrapé ma veste et filé pour le bureau parce que j'étais fichtrement en retard. Mais dès la pause de midi, j'ai fait la seconde chose que n'importe qui aurait faite à ma place : désactiver les commentaires anonymes dans mon blog. Bon, sauf que dans mon cas, cela m'a pris deux heures et coûté un appel au support technique. Je ne sais pas si vous avez déjà eu à utiliser la section d'administration d'un tel site, mais il y en a partout ! Des options, des menus et sous-menus dans tous les sens. Et même si au final il y avait juste à décocher la case « accepter les commentaires anonymes » qui figure sur la page principale, ils pourraient faire un effort… on n'est pas tous informaticiens. Du coup, de retour à mon appartement, je me suis fendu d'un petit pamphlet pas piqué des hannetons sur mon appel au support technique. Ça m'a remis de bonne humeur… enfin jusqu'au lendemain.

« J-10 »… et cette fois, même pas dans la zone de commentaires, mais directement en tant qu'article ! Là, il y avait de l'escalade… Le bougre avait piraté mon compte pour publier un billet à ma place. Si j'avais su, j'aurais mis des mots plus longs dans ma lettre d'insultes…

Je suis resté calme. Ça ne servait à rien de s'énerver. Après tout, ce n'était qu'un blog. Toutefois, par acquit de conscience, j'ai appelé le service commercial pour porter plainte. Avec les moyens modernes, ils possédaient sans aucun doute des outils pour retracer qui avait piraté mon compte et le bannir à tout jamais de mon site, de leur plateforme d'hébergement, voire de l'Internet tout entier, pour faire bonne mesure !

Ils m'ont simplement mis en relation avec le support technique… Je ne suis pas tombé sur la même personne que la dernière fois, et on m'a suggéré de changer mon mot de passe pour quelque chose de plus complexe.

C'est facile comme conseil pour les gens de la hotline, c'est leur métier. Mais moi, avec tous les codes qu'on doit retenir de nos jours, « 1234 » je trouvais ça pratique. Toujours est-il que je l'ai changé pour une combinaison de dix caractères avec des chiffres, des minuscules, des majuscules, des signes spéciaux et tout ce qui va bien. Introuvable ! D'ailleurs même moi, je n'étais pas certain de pouvoir le retenir. Comme mes déboires avec le service commercial et le service technique – suivi de mes six réinitialisations de mot passe ratées – avaient bien entamé la matinée, je décidai de prendre un jour de congé maladie. Cela me laissa tout l'après-midi pour écrire mon nouvel article sur la perte des avantages sociaux en France. Le genre de sujet, polémique à souhait, qui devait me propulser au top des hits quotidien.

Comme vous l'aurez peut-être déjà deviné, le lendemain… « J-9 »… toujours publié comme un article, s'affichait en tête de file sur mon écran. J'eus beau réitérer mes appels au service commercial et au support technique – j'ai même rédigé un courriel au P.-D.G. de la société d'hébergement – rien n'y fit. Et tous les matins, je retrouvais le décompte, égrenant avec régularité le temps qu'il me restait supposément à vivre. Ce qui nous amène à aujourd'hui, le jour J…

Ce matin, avec un brin d'anxiété, je me levais un peu plus tôt pour allumer l'ordinateur. Et là, que vis-je ? Plus de décompte ! C'était bien pire… l'article du jour en ligne indiquait en effet « Mort, écrasé par un RER ».

Je ne suis pas enclin à la superstition, mais j'ai tout de même appelé le bureau pour dire que je ne me sentais pas bien. Pour le coup c'était vrai cette fois. Avouez, d'aussi mauvais goût que soit le canular… à ma place, qu'auriez-vous fait ? Sauté dans le premier RER en partance pour aller au boulot ? Si ça se trouve le gaillard, c'était un grand malade, et il m'attendait sur le quai pour me pousser sur les rails. Au moins, en demeurant à la maison, je mettais deux kilomètres de distance entre moi et la gare la plus proche. Il ne risquait pas de m'arriver grand-chose.

J'eusse pu rester cloîtré dans mon appartement, à me gaver des insipides programmes télévisés matinaux avant de lâcher une nouvelle diatribe sur mon blog. J'aurais alors attendu la fin de la journée en m'avachissant de nouveau devant la boîte à images. Mais quitte à ne pas travailler, autant en profiter, et je décidai d'aller me chercher quelques viennoiseries pour accompagner mon petit déjeuner. J'avais bien besoin de me changer les idées, cette histoire de compte à rebours m'ayant – il faut bien l'admettre – mis les nerfs en pelote. Que pouvait-il bien m'arriver ? Après tout, un RER n'allait pas me tomber sur la tête en sortant de chez moi.

Grossière erreur de ma part… Je n'eus jamais l'occasion d'arriver à la boulangerie. Des travaux de rénovation occupaient la place du marché, et au moment où je traversai la rue qui me séparait de la devanture où s'étalaient gâteaux et autres confiseries, le câble d'une grue céda…

Je me suis fait écraser par un Renfort Époxy Ramifié à 9:07. Ça, pour être ramifié… il est ramifié le RER. C'est comme un méandre de petites racines en plastique destinées à améliorer l'adhésion du renfort dans son socle de béton. C'est efficace, le socle ne s'est pas fendu. Mon crâne par contre...

Maintenant, si je peux vous donner un ultime conseil, avant de m'en aller – définitivement –, ce serait le suivant :

Si vous comptez ouvrir un blog, un de ces quatre, soignez-en bien le contenu, on ne sait jamais quel article sera votre dernier.

Moi par exemple, je regrette. Se retrouver avec « Mort, écrasé par un RER » comme intitulé final… c'est d'un commun, d'une banalité, ça arrive toutes les semaines. Au point que plus personne n'y prête attention. Si je pouvais par quelque miracle retourner une dernière fois sur mon espace personnel, je titrerais mon épitaphe « Tué par son blog », ça au moins, ça m'aurait fait des hits !

Naturalis

1996, crise de la vache folle.

2001, épidémie de fièvre aphteuse.

2004, grippe aviaire.

2009, A(H1N1).

2012, les farines animales sont réincorporées dans les chaînes de production.

2016, la vente de viande d'animaux clonés est autorisée.

2019, COVID-19

2020, les biotechnologies pour faire « pousser » de la viande en laboratoire aboutissent à des applications industrielles.

2023, les produits carnés artificiels sont commercialisés.

2037, les premiers cas de ce que les médias baptiseront à tort « la peste alimentaire » sont signalés.

2046, le plus grand plan mondial de recherche génétique est déclenché pour tenter d'enrayer la pandémie. En vain.

2047, la pandémie s'éteint aussi vite qu'elle est apparue en emportant 12 % de la population mondiale. Tout le monde s'accorde à dire que c'est la fin de la période la plus noire de l'Humanité. Tout le monde se trompe.

2048, les allergies environnementales ont considérablement augmenté en nombre et en intensité. Elles deviennent la première cause de mortalité.

2050, le taux de survie des nouveau-nés est quasi nul, les nourrissons sont emportés par diverses allergies dans leurs premières semaines.

2053, « l'année noire », un quart de la population mondiale est emportée par des insuffisances respiratoires et des chocs anaphylactiques.

2054, la population humaine devient stérile suite aux traitements antiallergiques nécessaires pour les maintenir en vie.

2055, on fuit les campagnes pour s'amasser dans les centres-villes où tout est aseptisé et filtré. Tous les repères changent ; la Nature devient l'ennemi public numéro un. Les parcs sont bétonnés, les zoos abandonnés, les animaux domestiques et les plantes d'intérieur bannis.

2056, des recherches dévoilent des aberrations statistiques. Des individus qui n'ont encore jamais développé le moindre signe allergique portent des naissances à terme, les enfants survivent.

2057, Christopher Russell, généticien de renom, fait la dernière grande découverte de l'Humanité… Il dévoile à tous un arbre des espèces du monde animal amendé d'une nouvelle branche. Son diagramme reste célèbre : l'avant-dernière branche étiquetée « Homo Sapiens » est surmontée d'une croix rouge et de la mention « Éteinte ». Juste en dessous bifurque une nouvelle branche qui pointe fièrement vers le haut jusqu'à l'inscription « Homo Naturalis ».

2058, Russell prêche pour un rapprochement et un passage de relais des Sapiens aux Naturalis.

2061, Russell est assassiné, les mouvements pro-Naturalis démantelés. Les Naturalis sont traqués, parqués, des chasses urbaines télévisées sont même organisées pour amuser les foules.

Ils portent désormais tous les maux et sont devenus les boucs émissaires parfaits ; incarnation vivante du déclin des Sapiens, reflets pensants de cette Nature qui a décrété leur fin. Pendant vingt-cinq ans, les persécutions continuent.

2086, Les Naturalis se sont retranchés dans les régions campagnardes, ils ont annexé les montagnes, les forêts, les savanes, là où les Sapiens ne peuvent plus les atteindre. Ils attendent patiemment le déclin de ces derniers, leur extinction inéluctable.

2095, …

La surface lisse de la petite flaque d'eau reflétait le ciel plombé, aussi fidèle qu'un miroir. S'y dessinaient tous les détails des lourds nuages gris qui défilaient paresseusement des kilomètres au-dessus. Tout était paisible sur cette étendue aquatique miniature perchée au sommet d'un immeuble désaffecté. Pas le moindre souffle d'air ne rayait ce vernis parfait. Pourtant, les bords commencèrent à se boursoufler et des vaguelettes à se former. Le sol propageait une onde rythmée qui perturbait peu à peu la tranquillité du liquide. La réflexion du firmament se brouilla et l'impassibilité de la flaque ne fut bientôt plus qu'un souvenir. À son échelle, une véritable tempête sévissait à mesure que les chocs saccadés se rapprochaient. Au centre, une gouttelette se souleva en réaction aux vibrations induites, bravant l'attraction terrestre. Mais on ne bafoue pas la loi de la gravité impunément. La projection d'eau retomba bien vite et s'écrasa en ajoutant encore au tumulte de la masse aqueuse. Puis soudain, sans autres signes annonciateurs ; ce fut le raz-de-marée !

Une chaussure montante en cuir rapiécé vint faire exploser la petite nappe toujours stagnante quelques secondes plus tôt. Des éclaboussures jaillirent dans tous les sens avec des reflets irisés trahissant une forte concentration d'hydrocarbures. Le claquement sec du « splash » fut bientôt remplacé par un bruit sourd de succion alors que le soulier maculé d'une boue noirâtre continuait sur son élan. Sitôt libéré du poids de l'homme, le cratère fangeux qui s'était formé commença à se gorger de nouveau. Mais cette fois le liquide resta trouble. Les dépôts et dissolvants qui s'étaient amassés sur le fond pendant des lustres étaient maintenant en suspens dans la bouillasse infâme suintant du sol noir. Le calme n'eut pas le temps de revenir, la flaque de se polir et refléter à nouveau les cieux. Une botte – en coque polymère cette fois – s'écrasa, puis une autre, et encore une autre. Les empreintes étaient profondes, le rythme si serré que le limon spongieux n'avait pas le temps de se refermer sur les crevasses avant qu'un nouveau pied ne dispersât une fois de plus la lourde vase en des gerbes gluantes.

À chaque enjambée d'un des membres de la meute de poursuivants, de faibles vrombissements marquaient leurs foulées. Une armature métallique légère longeait leur corps, un exosquelette qui accompagnait leurs mouvements et amortissait les chocs. La motorisation des articulations amplifiait l'effort musculaire du porteur avec un minimum d'énergie humaine. Ainsi équipés, les traqueurs avaient l'avantage. Ils filaient plus vite et se fatiguaient moins. Le fuyard, à peine vingt-cinq mètres en avant, ne bénéficiait pas des mêmes artifices. Il serait bientôt rattrapé.

La respiration soutenue, mais régulière, le jeune homme courait en de longues enjambées rapides. Vêtu d'un jean et d'une chemise en lin sombre ouverte sur sa poitrine ambrée, il progressait avec la constance d'un athlète rompu à la course. Ses cheveux longs d'un noir de jais, lâchés, retombaient sous la ligne de ses épaules en ondulant au rythme de ses foulées. Il ne regarda pas un instant en arrière. Pas même pour jauger de la distance qui le séparait de ses poursuivants. Les cliquetis métalliques de leurs harnachements lui suffisaient à évaluer leur progression. Pour le moment, il était surtout concentré sur ce qui se passait devant lui. Il arrivait au bout du toit plat sur lequel il fuyait. Une contre-allée de cinq mètres de large séparait ce bâtiment du suivant. Il devait prendre son élan et calculer la seconde précise de son extension, afin de sauter la longueur sans s'écraser six étages plus bas.

Le revêtement goudronneux qui couvrait la toiture n'avait pas été entretenu depuis longtemps. Les intempéries, les ardeurs du soleil et le temps avaient eu raison de lui. Il s'était peu à peu désagrégé pour former une couche poisseuse sur toute la surface de l'édifice. Le court muret qui bordait le périmètre retenait la fange croupie. Le jeune homme savait que cette bourbe pouvait se dérober s'il exerçait une pression trop brusque, aussi choisit-il avec précision le moment de son envolée. Il prit appui sur le petit parapet, profitant de la stabilité de cette couronne de béton pour s'élancer de toutes ses forces. Sous l'impulsion, il gonfla ses poumons à bloc en un souffle rauque et violent. Ses bras accompagnèrent le saut avec un mouvement de balancier. Pendant une seconde il resta suspendu dans les airs, les jambes écartées en ciseau, le corps penché vers son but, les bras en arrière, le visage crispé par l'effort et ses yeux d'ébène emplis de détermination. Puis son pied droit rencontra la surface plate et solide d'un autre parapet identique à celui qu'il venait de quitter. Il libéra l'oxygène qu'il avait emprisonné et descendit du muret d'un bond. En quelques enjambées souples dans la gadoue sombre de ce nouveau toit, il retrouva son rythme et son souffle. Il détala de plus belle entre les rares paratonnerres et antennes rongés par la rouille qui tenaient encore debout.

Derrière lui, le groupe enjamba le gouffre comme une masse grouillante de fourmis passerait au-dessus d'une brindille : en un agrégat fluide, et sans effort apparent. Certains individus commencèrent à glisser en rejoignant le sol huileux, mais les stabilisateurs de leur équipement compensèrent et ils reprirent leur course.

En dépit du handicap évident du fuyard, la troupe n'avait pas encore réussi à réduire l'écart. Mais le chef d'escouade voyait la chance lui sourire. Ils arpentaient le dernier immeuble de cet ensemble abandonné, et bientôt le coureur n'aurait plus nulle part où s'enfuir. D'une brève injonction, il ordonna à son peloton de se déployer en éventail afin de couper toute tentative de retraite à l'insoumis désormais acculé. Le fugitif arrivait à l'extrémité du bâtiment. Il allait devoir s'arrêter s'il ne voulait pas plonger vers une mort certaine. D'un même mouvement, les soldats s'armèrent des courts fusils d'assaut fixés à leur cuisse, prêts à le mettre en joue. Ils ralentirent, lui pas… Avant d'avoir pleinement saisi ce qui se passait, ils virent le jeune homme sauter par-dessus le garde-fou et disparaître dans le vide.

Sensation d'apesanteur, la chute lui souleva le cœur.

Le choc fit trembler ses jarrets fléchis. Pas la place pour amortir convenablement son saut de trois mètres sur cet étroit balcon.

Il se propulsa en avant.

Son corps passa à l'horizontale au-dessus de la rambarde sur laquelle il avait pris appui d'une main.

Il glissa dans les airs, longeant le mur de l'immeuble. Atterrit un étage plus bas en s'infiltrant de biais dans l'espace vertical des deux balcons parallèles au sien.

Nouveau choc.

Il repartit en sens inverse, et sautant en quinconce d'un balcon à un autre, poursuivit comme un cabri sa périlleuse descente.

Agglutinés au parapet, les militaires se penchèrent au moment même où le jeune homme effectuait son dernier bond. Un concert de jurons s'éleva lorsqu'il rasa l'immeuble pour se soustraire à leur vue et traverser la rue.

Le leader jaugea la distance du sol et sauta à son tour, suivi de près par le reste de sa brigade. Ils ne visèrent pas les balcons pour freiner leur descente et se lancèrent au plus court dans le vide. Les exosquelettes, poussés au bout de leurs limites, amortirent leur chute dans un crissement de métal.

Le fugitif venait de tourner au coin d'un hangar désaffecté. La meute reprit sa course. En dehors des acteurs de cette chasse à l'homme, le quartier était désert, délaissé. Les carcasses de voitures éventrées trahissaient la durée prolongée de cet abandon. Il s'agissait de l'un des nombreux secteurs interdits qui bordaient « le Bois ».

La destination du fugitif ne faisait plus aucun doute aux yeux du chef, et sa capture n'était plus une option.

Ne pas courir en ligne droite, ils lui tireraient dessus à la première occasion désormais.

Crochet à gauche.

Repli derrière le châssis d'une voiture couchée sur le côté.

Son souffle était rauque, il commençait à perdre sa régularité.

Il plongea dans les ténèbres d'un hangar éventré.

Je peux y arriver.

Il zigzagua en silence entre les détritus, moins souple qu'au début de la poursuite. La fatigue se faisait sentir.

Derrière lui les bottes résonnèrent sous la charpente couverte de tôles quand le groupe débarqua à son tour dans l'entrepôt désaffecté.

Le jeune garçon essoufflé eut juste le temps de bondir sur une ancienne porte d'évacuation à moitié dégondée.

Le claquement du battant repoussé avec force derrière lui couvrit le bruit d'impact du projectile qui vint s'écraser à l'endroit précis où il se tenait une fraction de seconde plus tôt.

L'issue de secours débouchait dans une ruelle étroite bordée de chaque côté par de hauts murs de béton brut. Une allée rectiligne avec un seul point de sortie environ cent cinquante mètres en aval, et le dos d'un bâtiment décrépis terminant cette impasse en amont. La horde serait sur le seuil avant qu'il ne puisse atteindre l'embouchure. Il ferait alors une cible facile. Puisant dans ses dernières ressources, il repartit de plus belle.

Le fracas de la porte rabattue avec hargne retentit alors qu'il n'était pas encore à mi-chemin de la sortie. Le premier soldat mit un genou à terre et visa avec précision. Sa cible se découpait en ombre chinoise, nette contre l'ouverture débouchant dans une large avenue déserte. Immanquable.

Le fuyard se jeta soudain au sol. La balle qui lui était destinée siffla, inoffensive, au-dessus de lui. Jouant de son élan, il se réceptionna avec un roulé-boulé, se redressa, et reprit sa course en ahanant.

60 mètres à parcourir.

Déjà, la horde s'extrayait tant bien que mal de l'issue de secours du hangar, accordant quelques précieuses secondes de répit à leur proie qui filait toujours, des mèches de cheveux zébrant son visage couvert de sueur.

40 mètres.

Le commando se positionna ; cinq hommes accroupis en une première ligne et cinq autres debout en arrière. Dans l'encadrement de la porte, le chef donna l'ordre de tirer en extirpant lui-même son arme.

Les cliquetis des crans de sûreté et des culasses retentirent à l'unisson. Ils résonnèrent dans l'étroit cul-de-sac occupé dans toute sa largeur par le peloton.

Une demi-seconde de silence pur ; rien ne bougeait plus vers le fond de l'impasse.

30 mètres, la semelle du coureur heurta l'asphalte avec un son étouffé, et ce fut le signal ; un déluge de plomb s'abattit.

Les détonations claquèrent, roulèrent et grondèrent tel un orage d'été déchaîné. Les sifflements filèrent le long de la ruelle comme pour effrayer un peu plus le gibier dans sa fuite. Il bondit sur le couvercle d'une grosse benne à ordure grise.

25 mètres, un paquet de projectiles se perdit vers l'avenue. Certains s'écrasèrent un à un sur le bitume là où l'homme venait de prendre son élan. Souple et habile, il utilisait chaque aspérité, mesurait chacun de ses appuis, profitait de sa vélocité pour décupler ses inflexions. Il sautait, virevoltait, plongeait et semblait rebondir d'un mur à l'autre, occupant tout l'espace en des arabesques de mouvements imprévisibles.

Les soldats ajustaient leur tir, mais ses déplacements trop erratiques les perturbaient. Les balles transperçaient les parois de la benne, se fracassaient contre les parpaings, ou venaient ricocher sur le sol. Cette cacophonie déchirait le silence ambiant de la zone abandonnée en rythmant chaque nouvel essor du fugitif.

— Mais basculez en automatique putain ! Il se casse ! Arrosez-le, arrosez-le !

Le sergent accompagna son ordre d'une longue rafale.

20 mètres, le jet de projectiles destiné au coureur le manqua de peu. Il s'accrocha au barreau d'une échelle d'évacuation rouillée, se hissa pour laisser passer une salve qui sinon l'aurait déchiquetée au niveau du bassin, pivota en salto contre la paroi, toujours cramponné à son échelon, tête en bas. Une balle s'encastra dans le mur à quelques centimètres de son oreille. Mais il avait déjà lâché prise pour retomber accroupi au sommet d'un transformateur électrique.

10 mètres, *j'y suis presque.*

Les soldats balayaient maintenant toute la largeur de l'impasse sans essayer de suivre les mouvements de leur gibier. Plusieurs projectiles frappèrent l'armoire de métal. Elle laissa aussitôt échapper des gerbes d'électricité qui craquèrent dans l'atmosphère, rivalisant avec le feu nourri des détonations. Le jeune homme plongea, il se réceptionna en une glissade sur le côté, passa sous la lame horizontale des balles cherchant à le déchiqueter. Il roula sur lui-même, visa le mur opposé pour y prendre un dernier élan.

5 mètres, l'air se chargeait d'une odeur d'ozone et de poudre brûlée. Toujours à terre, le garçon en nage termina sa glissade, donna une impulsion de toutes ses forces contre la paroi, prit appui sur un bras et utilisa la dynamique de son mouvement pour bondir vers l'avenue.

Violente déchirure sur le flanc gauche. Il était touché, tituba, perdit l'équilibre. Emporté par son élan, il bascula et s'écroula derrière le coin du bâtiment, hors d'atteinte des tirs.

Le tonnerre se tut.

— Il est touché ! Finissez-le ! ordonna le chef.

Les membres du peloton se relevèrent d'un bloc dans un ronronnement discret de petits moteurs électriques, et se ruèrent vers le bout de l'impasse.

Il arracha sa chemise d'un geste sec et inspecta sa blessure à la hâte. La balle avait traversé la partie charnue. Il se redressa, et grimaça en portant son poids sur la jambe gauche.

C'est supportable.

Son torse couvert d'une sueur uniforme renvoyait des éclats de lumière comme s'il était huilé. Sous son omoplate, à hauteur du cœur, un tatouage tribal monochrome enchevêtrait ses courbes sur sa peau cuivrée.

Les échos des pas rapides de ses poursuivants lui parvenaient depuis l'embouchure. Sans un regard vers l'impasse, il détala vers un vieux camion éventré juste à temps pour se soustraire aux recherches de ses ennemis. Il continua sa course, moins alerte, essoufflé.

Encore un peu, j'y suis.

Devant lui, l'avenue était barrée par un haut grillage surmonté de rouleaux de fils barbelés. Tous les dix mètres, une pancarte noire accrochée aux mailles indiquait en lettres capitales blanches « ZONE INTERDITE – DÉFENSE D'ENTRER ».

Ses forces le quittaient, sa foulée ralentit. Il pouvait sentir le sang chaud imprégner la ceinture et la jambe de son pantalon. Devant lui, de l'autre côté de la clôture : un parking abandonné au bitume défoncé. Mais ses regards se portaient au-delà de l'étendue déserte, sur la masse sombre du « Bois ».

Dans son dos, le cliquetis des armatures retentit, plus net ; la meute arrivait sur ses talons. Le souffle court, il fonça sur le treillis de fils de fer.

— Arrêtez-le ! hurla le sergent. Il ne faut pas qu'il atteigne le « Bois ».

Le jeune homme escalada le grillage, prit appui sur une pancarte, passa par-dessus les barbelés en s'entaillant les mains et en déchirant son jean.

Le commando se dispersa pour contourner le camion qui bloquait leur ligne de tir.

Le fugitif se réceptionna de l'autre côté avec une grimace de douleur, se releva, et reprit sa course.

Les soldats s'amassaient déjà au pied de la clôture. D'une simple impulsion mécanisée, ils sautèrent sans effort par-dessus les fils de fer et atterrirent à leur tour sur l'ancien parc de stationnement.

L'insoumis s'arrêta, à bout de souffle. Résigné, il se laissa tomber à genoux.

Il resta accroupi, le bataillon massé vingt mètres derrière lui à peine. Aucune cache sur ce parking désert, aucun mur sur lequel bondir, aucun espoir... La course poursuite se terminait là. Il posa un regard triste devant lui. Dans cette luminosité particulière, entre chien et loup, le détail des contours des arbres qui semblaient l'appeler une centaine de mètres plus loin restait difficile à cerner.

Si proche du but...

Les soldats allumèrent leurs visées laser. Des petits points rouges dansèrent sur le sol, se regroupèrent, montèrent le long du dos ruisselant, et s'amassèrent sur le tatouage. Ils attendaient l'ordre de faire feu.

Le sous-officier n'hésita pas longtemps. Il se déporta sur le flanc, toisa ses hommes, et donna l'ordre.

Accroupi, Il laissait reposer la majorité de son poids sur son côté valide. Les mains appuyées sur le sol, bras tendu, il était presque à quatre pattes. La tête ballante, la respiration haletante, il était vaincu. Il n'avait même plus la force de se redresser. Dans son dos, son souffle saccadé faisait monter et descendre le tatouage, accentuant un peu plus la danse macabre des points rouges dardés sur son cœur. Il attendait l'inévitable, sans bouger, résigné.

Sa main droite reposait dans une large crevasse du bitume défoncé par le temps et l'assaut des racines de la végétation proche. Elles avaient progressé sans hâte, réclamant en sous-sol ce que le béton et le goudron leur interdisaient encore en surface. Elles avaient longé la croûte noire par-dessous, comme des veines effleurant la peau. Elles avaient commencé leur immuable travail de sape, boursouflant l'asphalte, poussant la couche de sable sec et la pierraille de remblais qui soutenait cette chape sombre. Ses doigts frôlèrent une radicule, s'attardèrent à son contact.

Sa respiration s'apaisa, se fit plus lente, plus profonde, plus régulière. Il redressa la tête vers l'orée : ce n'était pas le regard d'un homme battu qui jaugea la distance. Les pupilles dilatées, ses iris se cerclèrent d'un halo vert brillant. Sa main effleurait toujours la racine naissante qui frémissait sous sa caresse. Ses paupières se plissèrent, ses narines palpitèrent et sa mâchoire se serra. Un long frisson parcourut tout son corps. Une détermination farouche se dessina sur son visage. Imperceptiblement, sa position changea pour se rapprocher de celle d'un sprinter sur les starting-blocks. Il ferma ses paupières et prit une profonde respiration. Derrière lui, l'ordre de faire le feu cingla comme un coup fouet. Il rouvrit les yeux…

Les projectiles ne trouvèrent que le vide. Ils s'écrasèrent en une myriade d'éclats qui vinrent se fracasser autour de la crevasse et déchiqueter la pousse tendre s'y frayant un chemin.

L'inconnu n'avait pas simplement bondi, mais décollé, habité d'une énergie nouvelle. Les coudes au corps, sa course était si puissante, si rapide, que les tireurs ne purent réajuster leurs armes à temps.

— Abattez-le ! Abattez-le ! hurla le sous-officier en se ruant en avant.

Ils visèrent consciencieusement, plissèrent les yeux, puis les écarquillèrent d'effroi.

Là-bas, le fugitif s'était arrêté aux pieds de la forêt et s'était retourné. Ses iris de jade luminescents éclairaient son sourire goguenard. Une guerrière blonde aux cheveux courts apparut entre les arbres et le rejoignit. Elle tendit ses bras en avant, hurlant la charge de ses troupes.

Un grand-duc fondit sur le chef des soldats. Il lui déchiqueta le visage de ses serres tandis qu'une meute de coyotes surgit d'entre les troncs et se rua à une vitesse vertigineuse sur le bataillon en grognant, les babines retroussées sur leurs crocs acérés.

2095, Les Naturalis ont évolué aussi vite que les Sapiens ont dépéri, en parfaite osmose avec leur environnement. La population mondiale est d'un milliard d'individus répartis équitablement entre Sapiens et Naturalis. Le clan des coyotes est le premier à éprouver les défenses de l'oppresseur. Aux quatre coins du monde, d'autres brigades tombent dans le même piège et subissent un sort identique. La fin du règne Sapiens a sonné.

Maverick 5

Le scorpion rouge peinait à marcher sur la dune. Il s'arrêta et tenta en vain de s'enfouir dans le sol. Ses pattes poussèrent le sable autour de lui dans un léger crissement, mais ses forces l'abandonnaient. Il s'affaissa sur le côté, le corps en appui sur la faible dénivellation qu'il venait de creuser. Trois de ses pattes tremblèrent, prises de convulsions, et le sable glissa sous sa cuirasse, achevant de le faire rouler sur le dos. Dans un dernier sursaut, tous ses membres s'écartèrent dans des directions opposées. Il ressembla pour un instant à une étoile de mer incongrue aux branches trop nombreuses. Puis l'ultime souffle de vie quitta son corps. Ses pattes et ses pinces se recroquevillèrent lentement, pointant toutes vers son abdomen de cuticule. Sa queue s'enroula et son aiguillon se posa en silence, point d'orgue à son agonie.

Un souffle chaud souleva un petit tourbillon de sable et quelques grains commencèrent à recouvrir le corps de l'arachnide qui serait bientôt enseveli dans le désert sans fin de cette planète morte.

Huit kilomètres sous le manteau des dunes balayées d'un perpétuel vent brûlant, un signal retentit sur l'un des ordinateurs de la cité souterraine d'Aram, « espoir » dans la langue commune des Eldiens. Le dernier être vivant en surface venait de s'éteindre et la banque de données universelle enregistra froidement cette information dans les méandres de ses unités de stockage. Les Eldiens, eux, ne reçurent pas cette nouvelle avec autant de passivité que leurs machines de surveillance. Avec la disparition de ce scorpion, Eldia, leur planète, perdait à jamais son statut d'astre habitable susceptible de maintenir une vie végétale ou animale en toute autonomie.

L'abattement général poussa le gouvernement en place à décréter cette journée comme deuil mondial. Dans les larges corridors, les citoyens erraient, plongés dans leurs pensées moroses. Les longues toges flottantes qui les vêtaient renforçaient encore leur aspect fantomatique. Cinq générations successives avaient trouvé refuge dans l'enceinte d'Aram, le fleuron de la technologie eldienne mise au point par le courant conservateur de ses scientifiques.

Deux siècles auparavant, lorsque les radiations avaient passé le seuil mortel et que les boucliers énergétiques protégeant les villes avaient été les seuls obstacles entre eux et une fin certaine, les Eldiens avaient dû se résoudre à prendre des mesures plus drastiques. Souros, leur étoile, était à l'agonie. Sa métamorphose inéluctable en naine rouge avait eu des conséquences irrémédiables sur l'environnement de la planète forestière et plus aucune technologie n'était à leur portée pour y pallier. Les Eldiens ne pouvaient pas se permettre de mener deux projets d'amplitude mondiale en même temps et il avait alors fallu choisir entre les courants de pensée scientifique opposés. Ils avaient donc exprimé leur opinion entre la solution conservatrice — rester sur Eldia, ou plutôt sous sa croûte —, et novatrice – quitter leur planète pour de bon.

Deux siècles plus tard, le nom de la cité n'était plus qu'un affront quotidien à ses habitants. Le vote conservateur acclamé il y a longtemps se trouvait depuis au cœur de bien des débats. Mais qui blâmer ? Le référendum populaire s'était mené de façon transparente. La société eldienne était attachée à ses forêts et sa planète, un sens noble d'appartenance à la Nature d'Eldia. Le peuple avait cru faire le choix le plus adéquat, celui intrinsèque dicté par leur culture ancestrale : s'adapter et vivre en harmonie avec Eldia.

Le courant de pensée novateur qui prônait un abandon de la planète avait soutenu peu d'arguments convaincants. Outre la nécessité de secouer la passivité de ses êtres sylvestres, aucun astre habitable n'avait encore été identifié. Et que dire du transport spatial ? Un secteur de recherche peu développé par ce peuple tourné vers ses racines. L'entreprise était apparue par trop périlleuse. Les systèmes de propulsions interstellaires restaient à des décennies de leur mise au point et la construction de vaisseaux capables d'évacuer les survivants se serait étalée sur deux ou trois générations. Les boucliers énergétiques pourraient-ils tenir si longtemps ? Les engins seraient-ils opérationnels à temps ? Faudrait-il errer dans le cosmos avec de maigres rations dans l'espoir de trouver une planète accueillante au hasard des caps ? Non ! Les conservateurs avaient su convaincre avec leur solution plus confortable, et toutes les ressources d'Eldia avaient été détournées vers la construction d'une cité salvatrice.

Tout avait été pensé avec soin, comme toujours chez les Eldiens, pragmatiques et calculateurs, prompts à s'adapter à leur environnement. Contrôle des naissances, recyclage, synthétisation des produits de consommation courante, production d'énergie… Aram se révélerait le nec plus ultra de la science et de la technologie eldienne. Une cité capable de subsister en parfaite autarcie, d'approvisionner et subvenir aux besoins de son peuple pendant des générations, peut-être même jusqu'à l'extinction génétique naturelle de ce dernier. Une belle théorie… acclamée de tous. Une utopie rassurante à laquelle tout le monde avait voulu croire. Mais en cette année 2421 après Karick, il fallait se rendre à l'évidence : la pratique, cette sirène toujours encline à faire dérailler les mécaniques les plus précises, avait depuis longtemps miné le plan des conservateurs.

Rien à voir avec une défaillance technique cependant. Les Eldiens étaient passés maîtres dans l'art de l'ingénierie depuis des millénaires. Ils mariaient la fine technologie et la manipulation énergétique en toute harmonie avec une culture séculaire du respect de leur environnement. Aram, avec ses multiples systèmes redondants, ses droïdes de maintenance et nombreux processus d'autodiagnostic, fonctionnait à merveille. Parfaitement capable d'entretenir les infrastructures et approvisionner son peuple, sans même une intervention eldienne. Le problème ne s'avérait pas mécanique, mais psychologique. Les craintes de la loge des dirigeants ne concernaient pas d'éventuels pannes ou manques de régulations, mais la résignation des eldiens.

Ils se laissaient mourir à petit feu, comme leur planète. La dernière génération succombait à des taux de suicide record, les autres à des maladies de plus en plus difficiles à combattre par leur manque de volonté, principale source de rémission chez les Eldiens depuis la nuit des temps.

Eldia, ancienne planète forestière aux vastes étendues végétales, avait supporté le développement d'une espèce intelligente à son image : libre, ouverte et pleine de vie. Le confinement forcé avait engendré des conséquences inattendues aussi bien sur le plan culturel que métabolique.

Aucune simulation interactive, aucun hologramme de divertissement, et plus récemment aucune aide pharmacologique concoctée, ne pouvaient plus contenir le lent déclin de ce peuple. Leur capacité légendaire d'adaptation avait été mise à l'épreuve et échoué. À moins qu'elle n'ait atteint son point culminant : dépérir en harmonie avec leur monde.

L'officialisation du statut de planète morte d'Eldia n'améliorerait pas la situation en ce jour sombre.

Le professeur Maverick se rua hors de son laboratoire. Il arborait un large sourire soutenu par le pétillement intense de ses pupilles ovales. La toge blanche de son statut de scientifique voletait dans les couloirs gris métallique. Une traîne évanescente en totale opposition avec l'immobilité ambiante. Ses congénères moroses ne prirent même pas la peine de le suivre du regard ni de commenter sa vivacité inappropriée en ces circonstances.

Il ouvrit une porte coulissante et pénétra dans la pièce sans même s'annoncer. La salle de réunion spartiate, meublée d'une simple table oblongue en métal et de chaises polymères aux coloris neutres, rayonna à son entrée, illuminée par la teinte claire de son habit et son enthousiasme.

— J'ai trouvé !

Six visages sombres se tournèrent, placides, vers lui. Les larges pupilles autrefois parfaites pour capter la moindre parcelle de lumière dans les sous-bois se figèrent sur le nouveau venu.

L'Eldien en toge grise le plus proche tendit une main accusatrice aux quatre doigts écartés comme s'il voulait l'arrêter dans son élan.

— Comment osez-vous, Maverick ? En cette heure de deuil…

— J'ai trouvé ! répéta le scientifique sans prêter attention.

— Silence ! tonitrua le magister d'une voix profonde.

Maverick cligna ses paupières intérieures et se tut. Il resta immobile, seuls ses longs doigts aquilins pianotaient dans le vide en signe d'excitation à peine contenue.

— Le dernier être vivant en surface vient de s'éteindre, glapit l'homme de loi. Ce n'est pas le moment pour vos élucubrations.

Maverick se raidit à l'annonce de la nouvelle. Tout à ses recherches, aucun des messages diffusés dans la cité ne lui était parvenu. Il prit un air volontaire, expira, et décida de se lancer.

— Alors c'est un signe... qu'une telle perte survienne le jour de ma découverte...

Son interlocuteur allait de nouveau le vilipender lorsqu'une main se posa sur son épaule.

— Laissez-le s'exprimer Rovak.

Le scientifique porta ses regards sur celle qui venait d'intervenir en sa faveur. Sa toge grise, comme son teint, arborait le plus haut insigne du gouvernement : Druan, l'arbre de vie, brodé en fils argentés au niveau du poumon droit.

Il courba l'échine.

— Merci Madame la Ministre.

Maverick recomposa sa posture, jeta un regard circulaire pour capter l'attention de tous les politiciens, et commença :

— Chers membres de la loge des élus. Veillez excuser mon impertinence, mais…

Il marqua un arrêt afin de chercher la meilleure phrase pour annoncer sa nouvelle, n'en trouva pas, et décida d'être direct.

— Je viens d'identifier une planète habitable, débita-t-il d'une traite.

Un silence mi-embarrassé mi-intrigué envahit la pièce.

— Je vous supplie de reconsidérer l'ensemble de mes travaux à la lueur de cette découverte.

— Hérésie ! lâcha le magister.

— Du calme Rovak, tempéra la ministre.

— Mais Madame… ce que propose Maverick a toujours été… c'est de la folie !

La ministre laissa échapper un long soupir.

— Je viens de recevoir un rapport qui indique plus de trois mille suicides dans la première heure de l'annonce faite ce matin. Le peuple n'en peut plus, Rovak. Ce que propose Maverick n'est pas de l'hérésie… c'est une alternative.

Le scientifique en profita pour s'insérer dans la conversation.

— Devons-nous vraiment mourir avec notre planète ? Cloîtrés sous sa croûte ? Ou telles des graines, nous laisser porter par les vents et trouver notre place ailleurs ? Germer de nouveau, revivre, retrouver une harmonie avec la Nature, quand bien même sur une autre planète ?

Les différents magisters affichèrent un air songeur. Rovak resta contrarié.

— Je sais, reprit la ministre en haussant le ton. Le projet du professeur Maverick nous a toujours fait peur.

Les magisters acquiescèrent dans un murmure commun.

— Ses idées sont… extrêmes. Il est le digne défenseur de ses prédécesseurs réformistes auxquels personne n'a voulu donner leur chance. Nous avons suivi une autre voie, et où nous a-t-elle menée ?

— Nous sommes en vie ! asséna Rovak. Au lieu d'avoir péri de faim et de soif dans les fins fonds du cosmos.

La ministre fit un geste apaisant envers son conseiller.

— La situation est différente, Rovak, et vous le savez bien. Si Maverick a découvert une planète capable de subvenir à nos besoins, nous ne nous lancerons plus à l'aventure en aveugles… Nous aurons une destination précise, et cela change tout.

— Et qu'est-ce qui nous prouve que cette planète est accueillante ? Elle peut être habitée, son environnement hostile, son climat inadéquat…

La ministre lança un regard interrogateur vers Maverick.

— Les résultats préliminaires sont très prometteurs, expliqua ce dernier en se dirigeant vers le centre de la table.

Il effleura la surface brillante et un film de particules s'éleva à la verticale pour flotter dans les airs. Une série d'images spatiales commença à défiler.

Tous les regards se rivèrent sur les clichés.

— Il s'agit de la troisième planète d'un système à souros unique très similaire au nôtre, commenta-t-il en faisant passer les photos. Le type d'étoile, son âge moyen et l'orbite de cet astre bleu nous assurent un climat tempéré sur sa plus grande superficie.

Il afficha une série de mesures sous forme d'un tableau complexe qui fit froncer les rares sourcils des élus.

— Les éléments principaux de la composition atmosphérique : oxygène et azote sont dans des normes acceptables. Par contre, la masse de cette planète est inférieure à la nôtre, et couplée à sa vitesse de rotation, la gravité y est un peu plus faible.

Des murmures anxieux s'élevèrent.

— Rien d'alarmant, rassura Maverick. Les chiffres sont dans un registre admissible pour notre structure osseuse. Nos organismes devraient vite s'y habituer, de même qu'à son cycle de rotation autour de son étoile. Il est deux fois plus rapide que celui d'Eldia et les saisons nous paraîtront donc plus courtes.

— Cela n'indique rien des dangers potentiels en surface, condamna Rovak. Ces résultats ne sont pas assez détaillés pour prendre une décision de l'ampleur de ce qu'envisage Maverick.

Le professeur éteignit l'écran de particules et les chiffres s'évaporèrent.

— Non, bien sûr… Il nous faut envoyer une série de sondes pour des observations rapprochées. Et cette planète est loin de nous…

Rovak arbora une mine sereine.

— Combien ? demanda-t-il d'un ton narquois.

Maverick grimaça une moue incertaine.

— Ce système est dans le bras galactique voisin du nôtre, plus proche du centre de la galaxie… Pour une sonde automatisée, à pleine vitesse et selon les derniers designs de mes propulseurs… entre quarante-cinq et cinquante ans…

Un silence total enveloppa la pièce. Seul Rovak souriait.

— Oui, reprit Maverick. Vous, moi, et tout le monde ici présent… nous finirons tous nos jours dans Aram. Ce projet n'est pas pour nous, mais c'est l'espoir des générations futures.

Rovak hocha la tête, satisfait. Il préférait mourir au sein d'Eldia, et c'était son droit le plus absolu. Il eut cependant la sagesse de ne pas poser un veto sur l'ambitieuse entreprise.

— Dans ces conditions, je ne m'opposerais pas à la continuation des travaux du professeur Maverick.

Les autres magisters hochèrent tous la tête en signe d'assentiment. L'unanimité ne dépendait plus que de la décision de leur chef de gouvernement.

La ministre se tourna vers Maverick.

— Professeur ? Préparez un rapport complet, ensuite nous informerons le peuple sur les options qui s'offrent à nous.

Maverick se courba devant la chef d'État.

— Bien, Madame la Ministre.

De retour dans son laboratoire, le scientifique resta un instant à reprendre ses esprits. Oui, ses idées s'avéraient extrêmes, mais réalisables, il en était persuadé. Ils étaient condamnés s'ils demeuraient dans leur planète agonisante. Restait à convaincre le peuple que détruire Eldia eux-mêmes demeurait leur seule issue…

Maverick avait depuis longtemps abandonné l'idée de construire des vaisseaux. Enfouis comme ils l'étaient, la fabrication et le stockage de tels engins s'avéraient impossibles quand bien même Aram pourrait fournir les matières premières et le surplus d'énergie nécessaires. Jamais ils ne pourraient évacuer les quelques quatre millions d'âmes peuplant la cité. La solution du professeur découlait d'une démarche plus radicale : propulser la ville elle-même dans l'espace. Toute leur technologie était basée sur la manipulation énergétique. Les sources actuelles, telluriques et géothermiques, pouvaient être remplacées par les émissions stellaires pour continuer à alimenter les systèmes d'Aram une fois catapultée dans le vide sidéral. La séparation s'opérerait en utilisant la technologie des boucliers énergétiques. Une sphère de huit kilomètres de rayon envelopperait la cité, et le cœur de la planète serait poussé à son état critique pour la faire exploser. Protégée par ses boucliers, la ville serait expulsée avec les débris et commencerait son long périple.

Le projet était titanesque. Il fallait modifier les interfaçages énergétiques, installer les générateurs du bouclier, monter des propulseurs en périphérie pour pouvoir manœuvrer, une fois en chemin, la ville-astéroïde une fois en chemin. Des années de travaux en perspective. De quoi faire patienter les Eldiens en attendant un retour d'information concret des sondes, songeait Maverick. Car les vaisseaux de reconnaissance, entre leur trajet, la récolte des renseignements, et le temps nécessaire à leurs signaux pour renvoyer les données vers Eldia, ne fourniraient aucune indication précise avant au moins une cinquantaine d'années. Les travaux préparatoires pourraient être effectués pendant ce temps… si le peuple validait cette alternative contre nature vis-à-vis d'Eldia. Et tout reposait désormais sur ses épaules. De la présentation du projet à sa réalisation finale.

Cinquante et un ans plus tard, en 2472 après Karick, 1982 selon le calendrier local, les quatre sondes confirmèrent que la Terre se révélerait un havre acceptable pour les Eldiens, à un détail près : elle était infestée de parasites. Passé les six milliards d'individus, les Hommes utilisaient déjà une fois et demie les ressources renouvelables de la planète. La natalité galopante et la production agroalimentaire de masse marquaient les prémisses d'une surpopulation qui en épuiserait bientôt toutes les richesses. Les clivages entre les différentes nations, groupuscules et religions interdisaient aux Eldiens d'envisager une arrivée pacifique et de demander asile. Comment une planète à bout et où la violence était commune mesure au sein de la même espèce aurait-elle pu accueillir quelques millions de réfugiés extraplanétaires ? La loge des élus avait donc décidé d'une autre solution : rétablir un ordre naturel sur Terre. Réduire l'impact du parasite sur l'écosystème, et par la même occasion sa résistance à l'arrivée de nouveaux venus.

Les concepts de « guerre » et « extermination » vinrent des observations faites des Terriens. Terrible constatation que cette propension à s'auto détruire, là où les Eldiens avaient toujours prôné l'adaptation, l'harmonie et la survie… Jamais ils ne pourraient eux-mêmes se résoudre à de tels actes, mais puisque les Terriens, eux, semblaient experts en la matière, il suffisait d'accélérer le processus. Et pour cela, les Eldiens n'avaient besoin que d'une seule machine : Maverick 5.

L'androïde ouvrit les yeux, il lui fallut quelques secondes à peine pour que tous ses circuits reprennent leurs fonctions. Sa longue veille se terminait. La capsule lui envoyait déjà les coordonnées spatiales. Il approchait de la ceinture d'astéroïdes qui gravitait autour du système solaire.

Maverick 5 fit décélérer son engin et ajusta ses horloges internes. Grâce à la dernière génération de propulseurs stellaires, il avait pu effectuer le voyage en moins de vingt-huit ans, l'équivalent de cinquante-sept années terriennes. La date locale de 2038 s'imposa à son esprit. Ses banques mémoires regorgeaient de toutes les données récoltées par les quatre premières sondes, lui procurant une connaissance intrinsèque de la planète et ses habitants. En cinquante-sept ans et au vu du rythme de développement constaté par les astronefs Maverick 1 à 4, les capacités d'observation de la Terre avaient sans doute bien évolué. Il devisa un plan de vol qui devrait amener sa navette sur la face cachée de la Lune en une trajectoire complexe autour des orbites des autres planètes et satellites du système solaire.

Allongé dans un habitacle à peine plus large que son corps, le cyborg effectuait les corrections d'itinéraire sans toucher aucune des commandes manuelles, installées uniquement en cas de panne de l'interface de contrôle centrale. Le minuscule vaisseau spatial jouait le rôle de périphérique et Maverick 5 communiquait avec l'ordinateur de bord à travers son propre circuit neuronal cybernétique. Dans son immobilité parfaite, il aurait pu passer pour un macchabée propulsé dans l'espace au sein d'un cercueil de métal en forme d'ogive, si cela n'avait été pour ses yeux. Ouverts sur de petites pupilles circulaires et cerclés d'un iris noisette, ils fixaient la paroi lisse à quelques centimètres de son nez comme s'ils pouvaient voir au travers.

Les ingénieurs avaient modelé son corps sur une morphologie humaine, plus trapu, un cinquième doigt, une tête plus fine, une pilosité accrue, une teinte plus colorée. Mais ses traits reprenaient ceux du professeur Maverick lui-même, un hommage des ingénieurs cybernéticiens au scientifique décédé quelques années avant que les signaux des sondes de reconnaissance commencent à arriver en flux ininterrompu de données.

La banque universelle d'Eldia avait décortiqué, répertorié et compilé tous les renseignements sur la Terre : sa composition, ses sociétés, son histoire et son développement. Et lorsque Maverick 5 fut lancé, ses directives furent des plus simples : combler le manque d'information des dernières années, précipiter la perte des terriens pour faire place nette aux eldiens.

L'ogive alunit en glissant sur le sol poussiéreux du bassin Pôle Sud-Aitken, sans un son. Les particules retombèrent mollement dans son sillage. Autour de la capsule, les quatre astronefs précédents ressemblaient à des roches lunaires, déjà recouvertes d'une fine pellicule de poudre grise.

En orbite autour de la planète, elles avaient espionné tous les moyens de communication terrestres, sondé l'atmosphère, photographié la surface puis rejoint ces coordonnées pour transmettre leurs informations et s'éteindre à l'insu des terriens. Maverick 5 s'était basé sur les derniers rapports pour choisir un point d'arrivée discret. Sa mission s'écartait de celle des unités précédentes. Il allait continuer là où elles s'étaient arrêtées. Il devait rejoindre la surface, se fondre à la population et précipiter la perte des terriens. Une fois sur la planète, il serait hors de portée de sa capsule et ne pourrait plus communiquer avec Eldia. Aussi envoya-t-il son dernier message : la confirmation de son arrivée. Dans quelques années sa transmission parviendrait aux Eldiens, et ils initieraient le départ d'Aram.

Tout avait été pensé, calculé, anticipé et modélisé dans ses moindres détails. Une fois les paramètres ajustés pour tenir compte de l'évolution des dernières décennies, l'androïde n'aurait plus qu'à déclencher l'inéluctable plan.

Il mit en chauffe le propulseur moléculaire. Une grille de laser bleu issu des parois balaya son corps une première fois des pieds à la tête, puis retraça le chemin en sens inverse un peu plus vite. Le mouvement de va-et-vient s'accéléra et Maverick 5 baigna bientôt dans une lueur azur vaporeuse. Le cyborg vibra au rythme de la résonnance magnétique du propulseur, puis disparu soudain. Le balayage s'estompa, cessa, et l'ogive resta vide.

À quelque 385 000 km de là, sur le flanc d'une montagne des Alpes françaises, dans le massif de Belledonne, un vif éclair déchira la nuit malgré un ciel parfaitement dégagé. Au sommet d'une crête rocheuse, Maverick 5 se matérialisa. Il leva les yeux vers les astres et confirma sa position en fonction des données astronomiques enfouies dans sa mémoire. Il se redressa lentement. Il ressemblait en tout point à un être humain, vêtu du plus classique apparat des derniers enregistrements : Jean et baskets. Mais dans ses entrailles cybernétiques, aucun cœur ne battait pour le maintenir en vie, seule la froide détermination de remplir sa mission commandait ses gestes.

Il dévala la pente, suivit un sentier jusqu'à la ville la plus proche ; une station de ski autrefois célèbre et totalement délaissée en cette fin d'automne. Il vola un véhicule pour poursuivre son périple vers une plus grande agglomération.

Moyens de locomotion, argent, fausses identités ; tout s'avérait bien plus facile à se procurer qu'il ne l'avait anticipé. L'aire du numérique régissait la vie des pays riches. Des algorithmes primitifs aux regards de Maverick 5 et qu'il pouvait manipuler à sa guise. En quelques semaines, il avait siphonné toutes les informations relatives à la génération écoulée depuis les derniers enregistrements des sondes Mav. Les nouvelles alliances politiques, les goûts culturels de chaque nation, le mode de vie de chaque ethnie, toutes les ficelles de l'économie, de la science, des religions et de la sociologie ne recelaient plus aucun secret pour lui. Ajoutées à la connaissance quasi universelle qu'il possédait déjà de cette planète et ses civilisations, de multiples options s'offraient à lui. Il choisit la plus discrète et la moins violente, comme l'avaient instruit ses créateurs. Une simple pichenette pour faire basculer l'humanité dans le gouffre au bord duquel elle s'agglutinait.

Tout se jouerait dans un motel de la banlieue grenobloise. Un parfait anonymat pour les quelques jours de travail du cyborg. Maverick 5 entra dans la chambre insipide. Le soir tombait, et bien qu'il n'en ait nul besoin, il actionna l'interrupteur de la lumière pour ne pas attirer l'attention sur lui en restant dans le noir. La télévision holographique, branchée sur le même circuit afin que les clients ne manquent pas une miette de leurs programmes favoris, s'alluma au-dessus d'une commode moulée en plastique blanc face au grand lit.

L'androïde observa la pièce d'un regard circulaire, stoïque. Ignorant le présentateur trop bronzé qui faisait son apparition sur un plateau bariolé, il referma la porte et déposa son maigre sac de voyage le long du montant. Il s'assit sur l'édredon blanc et rouge aux couleurs de la chaîne du motel et extirpa son mini-ordinateur. Pour la centième fois le présentateur expliqua les règles de son jeu populaire, divertissement interactif dernier cri auxquels les téléspectateurs pouvaient participer de chez eux. Maverick connecta sa machine au réseau à induction compris dans le prix de sa chambre. Il s'assit et cogita une dernière fois sa simulation. Les logos des différents sponsors tournoyèrent dans l'image tridimensionnelle de la télé. La coprésentatrice aux seins refaits qui débordaient de son bustier vert fluo rappela l'usage du boîtier interactif aux téléspectateurs. Un effet de flash souligna son sourire artificiel lorsqu'elle lança son clin d'œil habituel pour annoncer le début du jeu. Une voix off surexcitée débita le nom et les nombreux avantages d'une marque de dentifrice supposément utilisée par la pin up. Les jingles s'enchaînèrent et des publicités jaillirent à un volume accru dans la chambre.

Imperturbable, Maverick 5 pénétra les réseaux boursiers. Un siècle bâti sur l'utopique modèle de la croissance économique continue avait mis tous les pays à genoux. Les quelques artifices qui maintenaient encore un semblant de cohésion à l'ensemble s'apprêtaient à voler en éclat sous son impulsion. Véritable fondation d'un gigantesque château de cartes, l'évènement allait précipiter l'anéantissement de cette civilisation. Maverick 5 y veillerait en influençant les différentes réactions à venir suite au brusque effondrement économique. Il avait déjà calculé les résultats cataclysmiques des soulèvements populaires, guerres civiles, nettoyages ethniques et religieux qui s'amorceraient avec l'inévitable recentrement nationaliste des pays occidentaux en déroute. Le tiers monde, totalement abandonné par les anciens gouvernements riches, suffoquerait dans la famine induite par la surpopulation. Ses projections les plus optimistes frôlaient le million de morts par trimestre entre le continent africain et asiatique. Les changements climatiques et autres conséquences liés à la pollution augmenteraient encore les effets à moyen terme. De toute façon, l'effondrement était inévitable. Il ne faisait qu'en raccourcir quelque peu l'échéance. Après les violences diverses, sans industrie, sans communication et sans médecine moderne, la population mondiale réduirait de manière drastique sous la poussée de fléaux destinés à réguler un équilibre naturel. Tous les signaux d'alerte trop longtemps ignorés joueraient alors leurs rôles et les épidémies si vite enrayées autrefois, si vite oubliées, rempliraient leur fonction de stabilisation comme elles l'avaient toujours fait jusque-là. À l'arrivée des Eldiens, les quelques poches de populations rescapées ne seraient plus que des tribus et clans épars occupés à réapprendre à vivre avec leur environnement.

Il allait entrer les dernières données destinées à faire capoter le système lorsque le jeu télévisé reprit dans une cacophonie musicale à trois tons. Le premier vote fut lancé et la fenêtre d'émission jaillit. Aussitôt, le canal de communication d’urgence du cyborg s’activa. Il interrompit sa tâche et analysa la demande de réception qu’il venait de détecter. À l'écran, le jeu reprenait avec deux équipes en collants de latex colorés, ils amorcèrent une course qui impliquait des trottinettes, de la confiture et des ballons de baudruches géants. Maverick 5 tourna son attention vers son ordinateur. Quelques touches à effleurer et il en finissait avec sa mission. Mais un impératif inscrit au plus profond de sa programmation ressurgit et freina son élan. Il DEVAIT obéir aux créateurs, en tout temps et en toute circonstance. Si ces derniers essayaient de le joindre pour lui fournir de nouvelles instructions, il devait tout mettre en œuvre pour capter leur message. Il exécuta un autodiagnostic de son centre de communication. Dans l’hologramme, l’animatrice et son collègue sautèrent sur place de concert en exprimant l’importance du prochain vote pour les participants. Aussitôt Maverick 5 reçut de nouveau une alerte qui traversa son centre neuronal. Pour la première fois, il porta ses regards vers les images diffusées dans sa chambre.

Il fouilla dans ses archives récentes, trouva le nom du programme télé, son principe interactif et la technologie utilisée. Il cerna aussitôt la possibilité d'un parasitage de son centre de communication, et entreprit de poursuivre sa tâche. Ses doigts effleurèrent le clavier, prêts à taper les dernières instructions. Mais son geste se figea une nouvelle fois. La directive primaire l’emportait sur celle de la mission. En cas d’activation du canal d’urgence, il devait tout mettre en œuvre pour faciliter la réception du message des créateurs ; pas de passe-droit, pas d'alternative. Après tout, les ingénieurs eldiens avaient très bien pu faire d'immenses progrès sur la transmission à longue distance durant son trajet vers la Terre. Ils utilisaient peut-être les systèmes terrestres pour faire rebondir leur signal et essayer d'atteindre l'androïde avec une telle diffusion. Simples parasites, ou tentative de communication de ses créateurs ? La programmation du cyborg ne lui permettait pas d'ignorer l'ouverture de son canal d'urgence malgré la forte probabilité d'un conflit technique. Maverick 5 prit alors la résolution la plus logique pour lui. D'un côté, maintenir ses simulations à jour pour pouvoir intervenir rapidement en cas de confirmation de sa mission. D'un autre côté, attendre le message d'alerte qui lui était peut-être destiné.

Commença alors une étrange période où Maverick 5 loua un appartement, y installa un poste holographique et s'abonna aux bouquets couvrant l'émission convoitée. Toute la journée il s'abreuvait d'information, affinait son plan, adaptait ses paramètres, toujours prêt à déclencher l'Armageddon en quelques secondes. Le soir venu, il suivait le jeu-réalité comme des millions de téléspectateurs. Lui, à la recherche d'un message, d'un ordre, d'une confirmation. Eux, inconscients du répit qui était le leur. L'avenir de la civilisation humaine ne dépendait plus désormais que d'un jeu télévisé.

Tandis que l'androïde perpétuait son cycle immuable sur Terre, un an plus tard, son dernier message envoyé depuis la capsule spatiale acheva son long voyage et parvint à Eldia. Une information reçue, identifiée et cataloguée par la grande bibliothèque universelle. Rien d'autre ne se produisit. La loge des élus devait confirmer l'envolée d'Aram. Mais cette loge n'existait plus. La nouvelle génération d'Eldiens qui était née durant le long voyage de Maverick 5 se montrait plus sombre et plus déprimée que jamais. La société s'était effondrée avec la disparition des plus anciens. Les jeunes avaient tout abandonné. La cité ne continuait à fonctionner qu'en mode automatique. Ses habitants sombraient sous les effets de puissantes drogues hallucinogènes développées dans le seul but de leur faire oublier leur condition. Une mode faisait même fureur. Elle consistait à entreprendre la remontée d'un conduit d'aération au plus près de la surface brûlante du sol ; une élévation mystique qui ne pouvait finir que par une chute vertigineuse ou un empoisonnement par radiations. Une forme de suicide comme une autre.

Les Eldiens ne fouleraient jamais le sol terrestre. Leur civilisation s'éteindrait au cœur de leur planète morte, tandis que sur Terre, la baisse d'audimat d'un jeu-réalité le poussait inexorablement à rendre l'antenne.

Poussière

Je me souviens de la vieille lampe à plasma de ma grand-mère. J'adorais observer les mouvances violettes éthérées, et je trouvais si impressionnant de pouvoir influer sur ce plasma par le simple contact de mes doigts contre le globe en verre, que je passais un temps fou à jouer avec cette lampe quand nous allions lui rendre visite.

À mon avis, les créateurs des « Orbes » s'étaient en partie inspirés de ces gadgets. Bien sûr avec les progrès technologiques et l'engouement des interfaces tactiles, ils en avaient grandement amélioré le concept.

Sans doute la lampe au plasma de mon aïeule avait elle éveillé un intérêt particulier en moi pour ce genre d'objets, j'étais une véritable passionnée des « Orbes ». J'en faisais la collection et il ne m'en manquait plus qu'une seule.

Je n'étais pas persuadée de l'obtenir. Mes parents m'avaient bien fait comprendre que cela dépendrait surtout de mes résultats scolaires, et… j'avoue que je n'avais pas une certitude absolue dans ce domaine… C'est pourquoi en voyant le paquet sur mon lit je ne pus m'empêcher de frissonner à la fois d'excitation et de surprise.

Je me précipitai à travers ma chambre pour me jeter à genoux devant ma couche.

— Félicitations, lança ma mère depuis le seuil de la porte.

Elle faisait sans doute référence à mes résultats scolaires, et non au présent que je bouillais d'impatience d'ouvrir.

Déchirée entre l'envie de découvrir mon cadeau et les protocoles de bienséances familiaux, je restai un instant interdite, regardant tour à tour le paquet et ma mère.

Finalement, jugeant qu'il valait mieux paver la route pour d'autres occasions similaires, je me redressai et courus me jeter dans ses bras.

— Merci maman.

Elle m'ébouriffa.

— Une promesse est une promesse. J'ai reçu tes résultats ce matin : Mention assez bien. Elle est à toi…

Elle accompagna sa dernière phrase d'un geste significatif du bras vers la boîte qui siégeait sur mon couvre-lit.

Je me dégageai aussitôt de son emprise pour retourner précipitamment au pied de ma couche. Cette fois je saisis le paquet et entrepris d'arracher le papier-cadeau. Je dévoilai ainsi une partie de la boîte d'emballage aux teintes sombres, et je vis apparaître le logo rond qui m'était si familier.

— C'est bien celle-là que tu voulais ? demanda ma mère sur un ton inquiet.

J'arrachai un dernier lambeau de papier et l'inscription « Orbe C3 » s'afficha en caractères gras bleus fluo.

— Oui, c'est la C3 ! m'exclamai-je sans pouvoir retenir un petit rire nerveux. Je les ai toutes maintenant ! Merci maman.

— De rien ma chérie, tu l'as mérité. Bon, tu peux jouer un peu avec, ensuite on passe à table.

— Mais…

— Non, non, pas de « mais »… Tu pourras faire ce que tu veux *après* manger. D'accord ?

J'avais envie de lui dire que je n'avais pas faim, que je mangerais plus tard, mais devant son visage sérieux je me ravisai et marmonnai un inintelligible :

— D'accord…

Ma mère quitta ma chambre et descendit pour s'occuper du repas.

De toute façon, je n'avais pas école demain, alors je pourrais passer toute la soirée avec ma nouvelle Orbe.

Bien qu'impatiente, j'ouvris le couvercle de la boîte et sortis prudemment les emballages qui maintenaient mon trésor en place pour son transport. Enfin, je pus accéder à l'objet tant convoité et le posai sur mon lit.

Il s'agissait d'un globe transparent, dépourvu de tout contenu. Jusque-là rien de différent avec mes autres Orbes. Je savais qu'au fond de la boîte je trouverais un socle noir, et encore en dessous le manuel d'utilisation.

Un mètre au-dessus de mon bureau, alignés sur une étagère, 11 globes trônaient chacun sur leur base respective. Éteins, rien ne pouvait les distinguer pour l'instant, mais je connaissais la teneur exacte de chacune de mes Orbes. J'avais passé des heures à jouer avec chacune, observant et explorant la moindre parcelle de leur contenu. J'allais bientôt pouvoir aligner l'Orbe C3 avec les autres et les allumer toutes en même temps. Il faudrait que j'invite mes copines pour voir cela. J'étais la première de l'école à avoir toute la collection, elles en baveraient de jalousie.

Je saisis le manuel d'instruction d'un air décidé. Chaque Orbe nécessitait une mise en marche bien distincte. Par exemple, la C5 réclamait un séjour au froid, la C8 au contraire devait être chauffée, et la C2 exposée à la lumière.

Survolant les banalités d'usage d'un œil distrait, j'arrivai enfin à la section qui m'intéressait :

« Activation :

Pour activer votre Orbe C3, veuillez la secouer énergiquement jusqu'à l'apparition d'un flash lumineux. ATTENTION, votre Orbe ne sera pleinement opérationnelle qu'après quelques instants. Vous ne pourrez pas l'utiliser avant l'initialisation complète de l'interface.

Veuillez vous référer à la section "Utilisation" une fois l'interface activée. »

Il ne m'en fallait pas plus. L'interface d'utilisation de toutes les Orbes étant identique, je n'avais pas besoin de lire la suite.

Je soulevai donc mon Orbe de mon édredon, et je commençai à la secouer comme indiqué. De haut en bas d'abord, puis de côté, et enfin dans tous les sens. Je l'agitais ainsi un moment sans que rien ne se passe. Je commençai à être fatiguée et à sentir un léger vertige à force de m'activer de la sorte. Je n'avais encore jamais eu affaire à une Orbe défectueuse, mais je commençai à me demander si celle-ci était en état de fonctionner.

Les muscles de mes bras m'élançaient et quelques gouttes de sueur perlaient sur mon front. J'avais instinctivement sorti la langue de ma bouche pour soutenir mon effort, et en m'en apercevant, je la rentrai aussitôt.

C'est à ce moment incongru, et alors que j'allais abandonner, qu'une éblouissante clarté laiteuse explosa au centre du globe.

Je le posai aussitôt sur son socle, sur mon bureau, et je m'assis pour l'observer.

La lueur blanche se fit vaporeuse, filandreuse et tentaculaire. Bientôt l'intérieur du globe se retrouva comme rempli d'une fumée luminescente. Puis, par endroits, la nuée commença à se dissiper lentement, laissant place à un noir vide et profond.

M'essuyant le front d'un revers de manche, je m'inquiétai de cette évolution radicalement différente de celles des autres Orbes.

Au bout de quelques instants, les ténèbres l'emportèrent. La puissante clarté blanche laissa place à quelques minuscules scintillements qui piquetaient l'intérieur sombre du globe.

L'Orbe n'était plus transparente, et seul un léger mouvement oscillatoire des différents points lumineux indiquait qu'elle fonctionnait.

Bientôt un témoin bleu s'alluma sur le socle, marquant la fin de l'initialisation et la disponibilité de l'interface.

Intriguée, je m'approchai de ma nouvelle Orbe. Je n'en avais jamais vu d'aussi sombre.

Habituée à naviguer avec cette interface, je posai deux doigts sur le sommet du globe et zoomai avec aisance sur le contenu de la sphère. Aussitôt, ce qui n'apparaissait que comme des scintillements s'afficha avec plus de précision, et je découvris avec émerveillement une multitude de formes lumineuses toutes différentes les unes des autres de par leur intensité, leur couleur, et la densité de points qui les constituaient.

Je repérai une spirale au cœur argenté et aux extrémités azurées. Je zoomai un peu plus pour en saisir les détails. Je pus alors voir que non seulement la spirale était en mouvement – ses bras tournant autour de son centre –, mais qu'elle était aussi constituée de nombreuses sources lumineuses plus petites. Chaque point brillant gravitait les uns par rapport aux autres dans un ballet incessant emporté par la rotation globale de la spire sur elle-même.

L'effet hypnotique de tous ces déplacements lents et coordonnés m'envoûtait. J'observai les bras qui s'enveloppaient en douceur autour du nucléus. Proche de l'extrémité du quatrième bras, un point brillant doré attira mon attention, et je zoomai de nouveau, révélant là encore un nouvel amas de lumières toujours plus petites que les précédentes.

J'avais désormais atteint le grossissement maximum. Il ne restait plus rien à dévoiler et j'observais maintenant les plus minuscules sources lumineuses contenues dans mon jouet. Autour de la boule jaune, il me sembla discerner de légers scintillements. Je plissai les yeux pour mieux voir, mais je pouvais tout juste deviner de pâles réverbérations en orbite. Je réussis à en dénombrer huit ou neuf, pas si facile à compter tellement les reflets étaient ternes. Aussitôt je compris ce qui s'offrait à mon regard.

— Maman, maman ! Viens voir !

— Qu'est-ce que c'est ? interrogea ma mère d'en bas sans faire mine de me rejoindre.

— Viens voir, viens voir !

Devant mon insistance, je l'entendis gravir les escaliers.

— Qu'est-ce qu'il y a ma puce ? dit-elle en se frottant les mains avec un torchon.

— Regarde, regarde, je crois que j'en ai trouvé !

J'étais si excitée que je bondissais devant mon bureau avec des petits sauts de cabris.

— Trouvé quoi ma chérie ?

— Là, regarde !

Ma mère se pencha sur l'Orbe, en observa un instant le contenu puis me lança d'un air intrigué :

— Qu'est-ce que je suis censée voir ?

— Là, regarde bien, autour de cette boule jaune.

— Hum… Ah !... Oui, je vois quelque chose en effet.

— Tu crois que ce sont des planètes, lançais-je toute excitée ?

— Hé bien… Oui, ça doit. Tiens, il y en a même une bleue, là. C'est plutôt rare les bleues.

Je me précipitais à côté d'elle.

— Où ça ?

— Là, regarde, le troisième point à partir de l'étoile.

— Ah oui ! Je la vois… Waouh ! Et c'est vrai que la planète c'est la plus petite chose qui compose les univers de classe 3 ?

Ma mère continuait à scruter le globe avec moi.

— Oui, c'est même la plus petite particule du Multivers. D'ailleurs, tu vas apprendre ça l'an prochain, c'est au programme de matériologie, il me semble.

« Les univers à composition mixte matière et antimatière » ou quelque chose comme ça…

— La plus petite particule du monde, lançais-je d'un air songeur en plissant les yeux pour mieux percevoir la planète bleue…

— Eh oui. Mais tu sais, elle ne sert pas à grand-chose. Elle fait partie des particules inertes.

— C'est quoi les particules inertes ?

— Ce sont les particules qui ne produisent pas leur propre lumière. Elles sont trop petites. En fait la seule raison pour laquelle on les voit, c'est qu'elles réfléchissent la lumière de la particule vivante le plus proche.

Je restai un instant à essayer de comprendre ce que ma mère venait de me dire.

— Et bien moi, plus tard, je voudrais être matériologue.

Ma mère se redressa, et d'instinct je suivis son mouvement, arrachant mes regards du minuscule point bleu.

— Tu as raison, c'est très intéressant. Et puis les univers de classe 3 sont importants, tu sais.

— Ha bon ?

— Oui, avec leur forte concentration en matière, ils servent de filtres dans les usines, les générateurs, les propulseurs… Sans eux nous perdrions un temps fou à nettoyer nos installations et nos utilitaires.

— Vraiment ?

— Mais oui, vraiment !

Elle me donna une tape dans le dos et enchaîna :

— Allez, éteins ton Orbe, et à table !

— Mais maman…

— Qu'est-ce que je t'ai dit tout à l'heure ? Tu pourras jouer avec après manger. Allez… éteins et va te laver les mains. Ton Orbe te créera un autre univers plus tard, je suis sûre qu'il sera encore plus beau.

À contrecœur, je posai ma paume sur le globe et activai l'extinction de mon Orbe.

Pile ou face

1

L'arrivée de l'étranger provoqua une brusque bouffée de chaleur qui s'engouffra avec l'air d'été surchauffé de la rue. Pendant un bref instant, on eût pu croire que la climatisation de la salle ne suffirait pas à rétablir l'équilibre. Mais quand la porte se fut refermée, une température plus clémente enveloppa les occupants du petit pub.

Charlie, le barman et patron essuyait un verre étincelant d'un geste machinal propre à sa profession. Son seul client, Bud, s'affairait à siroter sa bière en gardant son équilibre sur un haut tabouret. Personne ne connaissait son vrai nom, mais sa faculté à descendre plusieurs litres de Budweiser par jour lui avait valu son surnom à travers tout ce quartier interlope de Chicago.

À l'entrée du nouveau venu, Charlie lança un coup d'œil vers la porte. L'homme était grand, fin, une stature de marathonien endurci. Ses cheveux noirs d'ébène coulaient dans son cou et formaient sur ses joues tannées comme les deux pans ouverts d'un rideau de théâtre au velours satiné. Ses yeux – où la pupille ne se discernait pas tant l'iris était sombre – marquaient son visage de deux trous béants comme la bouche d'un puits sans fond. Il était vêtu d'une veste de cachemire couleur nuit sous laquelle on apercevait un pull à col de cheminée de la même couleur. Des santiags noires disparaissaient sous le bas d'un pantalon de toile tout aussi sombre que le reste de son accoutrement. Comme l'inconnu demeurait là, immobile dans l'embrasure de la porte, il attira l'attention de Bud qui se tourna de côté pour l'observer.

— Ben l'aime le noir celui-là... articula-t-il d'une voix que l'alcool avait rendue rauque et instable. Un vrai croque-mort !

L'inconnu tourna la tête vers l'ivrogne. Un mouvement contrôlé à l'extrême, fluide et presque envoûtant. Aucune autre partie de son corps ne bougea. Il le toisa droit dans les yeux. Aussitôt, le pauvre Bud reporta son attention sur son verre et avala d'une gorgée le fond de sa chope.

— La même chose Bud ? demanda Charlie.

— Non, un bourbon ! ordonna le pilier de bar en frappant du poing le comptoir. Double et sec !

Charlie s'affaira à ouvrir une bouteille bon marché tandis que l'inconnu s'avançait d'un pas souple jusqu'au centre de la pièce. Là, il s'arrêta de nouveau et regarda autour de lui, serein. Son corps semblait figé et sa tête montée sur pivot. Au bout d'une minute, il se dirigea vers une table un peu à l'écart. Détachant chacun de ses gestes, il tira la chaise en arrière puis s'assit avec une souplesse consommée. Impassible, il posa ses deux mains à plat sur la table et resta là, bien droit, bras et avant-bras parfaitement perpendiculaires, sans plus faire le moindre mouvement.

L'individu n'était pas installé depuis plus de deux minutes, que derrière son comptoir Charlie commença à s'affairer sans pour autant avoir reçu de commande. Il sortit une bouteille de tequila, une de vodka et une de whisky dont il mélangea les contenus dans un grand verre selon des doses précises. Il alla ensuite couper une tranche de chorizo qu'il enfourcha sur le bord du verre. D'une main leste, il plongea deux olives dans le liquide ambré et déposa la boisson sur une soucoupe avec deux piments rouges plantés chacun au bout d'un cure-dents. Posant le tout sur un plateau, il prit celui-ci et passa de l'autre côté de son comptoir pour se diriger vers son nouveau client.

— Voilà... dit le patron d'une voix neutre avant de placer la soucoupe entre les deux mains immobiles de l'inconnu et de faire demi-tour pour rejoindre le plancher de son bar.

L'homme resta sans bouger pendant de nombreuses minutes. Dans ses yeux un vague changement s'opérait, presque imperceptible. De froid et dur, son regard se faisait plus lointain, comme s'il était peu à peu absorbé par ses réflexions.

Finalement, après une période indéterminée où seuls les bruits du barman et le ronronnement ténu de l'air conditionné avaient brisé le silence, la main gauche de l'homme se souleva et passa au-dessus du verre. Aussitôt, les vapeurs d'alcool s'enflammèrent. Prenant alors l'un des pics au bout duquel trônait un piment, il fit légèrement griller celui-ci dans les flammes bleues qui s'élevaient. Quand les flammèches moururent au sein du liquide, l'homme porta le piment à ses lèvres et l'enfourna tout entier. Il croqua pour disperser le jus brûlant sur son palais et déglutit.

D'un mouvement leste de la main, il laissa retomber le cure-dents dans la soucoupe, se saisit du verre, et se délecta d'une rasade du breuvage. Il reposa ensuite le verre et replaça sa main sur la table dans l'exacte même position qu'auparavant.

Du côté du bar, personne n'avait réagi à ce comportement étrange. D'une part Bud tournait le dos à la scène, et d'autre part Charlie réorganisait ses bouteilles sur les étagères.

2

Au-dehors, le soir avait laissé sa place à une nuit venteuse. Au moment où la porte du pub s'ouvrit à nouveau, un courant d'air froid fit chuter la température intérieure de manière spectaculaire, à tel point que l'espace d'un instant, alors qu'il expirait, Bud vit s'échapper une vapeur blanchâtre de sa bouche.

Charlie, comme à l'accoutumée, était occupé à essuyer un verre déjà sec et propre avec un torchon blanc rayé de fines lignes rouges. L'inconnu de l'après-midi n'avait pas bougé depuis des heures semblait-il, et il ne broncha pas plus à l'arrivée du nouveau venu.

Par contre, Charlie eut un mouvement vers le nouvel étranger qui venait d'entrer. L'homme était grand et bien proportionné, avec des allures de statue grecque. Il avait des cheveux blonds comme les blés, si pâles qu'ils tiraient sur l'argent. Sa chevelure bouclée lui faisait comme un casque autour de son visage d'albâtre aux joues rosées. Ses yeux d'albinos à la pupille trop blême enserrée dans un iris bleu si clair qu'il paraissait incolore lançaient des dards hypnotiques troublants. Il était vêtu d'une veste d'alpaga blanche qui couvrait une chemise de la même couleur. Des mocassins ivoire chaussaient ses pieds sur lesquels tombaient les pans d'un pantalon de serge tout aussi pâle que le reste de son accoutrement. Comme l'homme demeurait impassible devant la porte, Bud risqua un léger coup d'œil de côté.

— Ben, y vont pouvoir jouer aux échecs ces deux-là... lança-t-il d'un air goguenard.

La tête de l'inconnu se tourna vers le pilier de bar en douceur. Avec un sourire, l'homme déposa un regard plein de clémence sur le vieil alcoolique et ce dernier se retourna en rougissant pour contempler son verre vide.

— Un autre bourbon Bud ? demanda Charlie.

— Non... euh... file-moi une carafe d'eau...

Le nouvel arrivant avança d'un pas pour observer la pièce à son aise. Finalement, son regard se posa sur l'inconnu en noir et il se dirigea vers la table où celui-ci était installé. Sans faire le moindre bruit, il s'assit en toute quiétude en face du mystérieux consommateur et joignit ses mains pour les laisser reposer sur le bord de la table.

Ce deuxième individu avait à peine rejoint le premier que déjà Charlie servait déjà un grand verre de soda à la menthe claire dans lequel flottaient des glaçons gros comme des icebergs. Dans la soucoupe où se tenait le verre, il déposa deux quartiers de lime et amena le tout à son étrange client.

— Comme vous me l'avez demandé... fit le patron en plaçant la soucoupe devant l'homme en blanc qui n’avait pourtant pas ouvert la bouche depuis son arrivée.

Ce dernier resta sans bouger jusqu’à ce que le barman ait rejoint son univers de formica et de miroirs, observant son rival assis en face de lui et qui semblait toujours perdu dans le vague.

L’albinos posa son regard sur le verre d’où s’éleva aussitôt une légère brume glacée. Il s'empara de l’un des quartiers de citron amer, le pressa au-dessus du liquide dans lequel le jus se mélangea lentement. Il porta alors le verre à ses lèvres et prit une gorgée de son breuvage avant de le reposer sans un bruit. Il adressa un léger sourire à son vis-à-vis.

Du côté du bar, Bud et Charlie vaquaient chacun à leurs occupations.

3

L’homme en noir avait maintenant focalisé son attention sur son compagnon.

— Gab... Qu’est-ce qui t’amène ?

Sa voix tempêtait, sulfureuse et chaude, mais les mots semblaient être sortis tout seuls tant le mouvement des lèvres avait été imperceptible.

— La même chose que vous Louis, répondit le dénommé Gab d’une voix claire comme l’eau d’une source.

— Permets-moi d’en douter, répliqua Louis avec un haussement prononcé du sourcil gauche.

Pendant quelques minutes, le silence s'instaura de nouveau entre eux. Les seuls bruits dans la pièce étaient ceux du tintement des verres que Charlie rangeait pour la millième fois et le glouglou de l'eau que Bud se servait à la chaîne. Puis Louis demanda :

— Comment va ton patron ?

— C'est pas la grande forme, il est enfermé chez lui, il ne veut plus voir personne, ne lit plus les comptes-rendus, n'observe plus rien, bref, c'est la déprime...

— Ouais, lâcha Louis dans un soupir. Je comprends ça...

Ils prirent chacun une gorgée de leur boisson respective et Gab reprit la conversation :

— Et chez vous, très cher, comment les choses se déroulent-elles ?

Louis haussa les épaules, las.

— Le train-train, fit-il. À l'Ouest rien de nouveau.

— Chez nous c'est un peu la même chose, il ne se passe plus rien de bien extraordinaire. Et puis avec le patron qui décline, ce n'est pas amusant tous les jours.

— Oh ! Si tu crois que je m'amuse, moi, en bas !

— Je pensais que...

— Tu parles ! Rien, je te l'ai dit, il ne se passe plus rien.

— Je connais ça, on le vit au quotidien là-haut.

— Ouais ! C'est la monotonie et l'ennui qui nous auront, mon vieux !

— Je ne vous le fais pas dire... Et pourtant, quand j'y pense...

— Hum ?

— Oh, rien. Je pensais juste qu'il y avait eu de bons moments.

— C’est bien vrai ça ! Je me souviens de trucs pas piqués des hannetons.

Gab se rehaussa sur sa chaise et se pencha vers Louis avec un sourire, qui pour la première fois, avait l’air sincère, avant de lui lancer :

— Vous souvenez-vous de Sodome ? Vous aviez un tant soit peu abusé cette fois-là. On aurait dit que vous vouliez installer vos quartiers dans cette ville.

Louis eut un haut-le-corps.

— Pas du tout ! s'indigna-t-il. C’était juste une retraite pour décompresser un peu. Je ne sais pas si tu te souviens, mais à cette époque, y avait du boulot !

— Je ne vous le fais pas dire. Néanmoins, quand le patron a vu ce qui se passait là-bas, il n’a pas aimé du tout.

— Une intervention très théâtrale, tout à fait dans son style de l’époque, j’ai apprécié le rôle en connaisseur, crois-moi.

— Oui, je n’en doute pas. Il avait une vision de la mise en scène en ces temps-là, vraiment grandiose. Mais... où en étais-je ? Ah ! Oui, Sodome. Il y avait dans cette ville une charmante personne du nom de... heu...

— Sarah ? l’aida Louis.

— C’est ça, approuva Gab ! Cette femme était vraiment hors du commun, même vous mon cher ami, n’aviez pas réussi à la corrompre, c’est dire ! Le patron, avec son sens coutumier du jugement, avait décidé de l’épargner. Avant d’intervenir, il l’avertit donc du danger à rester dans la ville. Et afin de ne pas souiller son âme par ce qui allait s’abattre sur la cité, il lui interdit formellement de se retourner. Pas le moindre regard en arrière durant sa fuite.

— Oh, bon sang ! Je me souviens, le coupa Louis avec véhémence. Je me suis pointé juste derrière elle et je lui ai fait comme ça « Psst, Sarah »... Et elle, voilà t'y pas qu'elle se retourne pour voir qui l'appelle ! La crise de rire ce jour-là !

— Vous étiez, comment dirais-je ? Un sacré filou, Louis !

— Je veux, mon neveu ! Ha ! Quel bon temps.

— Comme vous dites...

— Enfin, c'est bien loin tout ça...

— Hé oui... malheureusement...

Le silence s'instaura après cette remémoration. Chacun sembla replonger dans ses problèmes, ou ses souvenirs. De temps à autre, ils buvaient une gorgée et reposaient leur verre sans un mot. Puis Gab rompit la glace :

— Dites-moi, Louis... Il y a une chose que je brûle d'envie de vous demander...

— J'aime quand tu parles comme ça Gabriel, tu sais ?

— Plaît-il ?

— Quand tu dis que tu « brûles » d'envie de me demander quelque chose... mais vas-y, je t'écoute.

— Au début, quand ils étaient encore chez nous, vous savez, dans le grand jardin devant la propriété. Le fait que le patron les chasse, vous y étiez pour quelque chose ?

— Moi ? s'indigna Louis. Mais pas du tout ! Alors là je te trouve franchement injuste. Dés qu'il se passe quelque chose « de mal », c'est de ma faute ! C'est quand même pas moi qui leur ai donné la faculté de penser, que je sache ! Et puis pour l'événement dont tu parles, j'ai un alibi. Parfaitement ! Je faisais une balade... J'étais un peu fatigué et je me suis permis de prendre l'air. Je m'en souviens comme si c'était hier. Une belle journée, ensoleillée et radieuse. Je me suis changé en serpent pour mieux profiter des perles de rosée dans l'herbe drue, et j'ai fait une petite promenade du côté du verger, près du grand pommier...

— Non ! Ce n'est pas vous qui...

— Ha ! Ha ! Si !

— Tout de même, non, mais... vous n'êtes pas croyable !

— Et tout ce temps, personne ne s'en est douté chez vous ?

— Hé ! Hé ! Si, moi... C'est bien pour cela que je vous ai... Hé ! Hé ! Posé la question. Oh ! Je n'en puis plus de rire ainsi, grand Dieu !

— Hey ! Pas d'insulte, j'ai été courtois moi jusqu'à présent !

Et ils partirent tous deux dans une profonde crise de fou rire. Du côté du bar, Charlie et Bud regardèrent d'un air surpris ces deux énergumènes qui semblaient essayer de se faire exploser le ventre à force de rire. Mais rapidement, les éclats décrurent et le calme revint.

L'euphorie passée, Gab et Louis se retrouvèrent face à face avec un air plus grave encore qu'auparavant.

— Tous ces souvenirs, fit Gab d'une voix triste.

— Hé oui, c'est bien fini tout ça. Terminé, éradiqué, annihilé, perdu à tout jamais...

— Cessez, voulez-vous ? La situation est suffisamment difficile, n'en rajoutons pas.

— Mais, commença Louis, comment tout cela est-il arrivé ? Je veux dire ; cette monotonie ?

— Je pense que le temps a eu raison de nous. Les hommes se sont forgés eux-mêmes d'autres croyances, d'autres tabous. Peu à peu, ils nous laissent sombrer dans l'oubli.

— Je n'ai rien vu venir... Hier tout allait bien, je faisais une petite épidémie par-là, une bonne guerre ailleurs. Et puis aujourd'hui...

— Tout de même, vous avez eu le Sida ! interrompit Gab. Et tous ces conflits qui jaillissent un peu partout : vous savez vous occuper !

— Mais, non ! C'est même pas moi ! C'est eux ! À force de vivre comme ils le font, ils se sont inventé leurs propres maladies et leurs propres haines. Je n'ai plus rien à faire moi… Le sida, les grippes animalières, la dépression, les viols collectifs, le terrorisme, la surpopulation, et j'en passe… – Il pointa un doigt exaspéré vers les deux humains à l'autre bout de la salle. – C'est eux, eux, et encore eux !

— Et bien vous voyez, nous pensions que c'était votre œuvre. Mais maintenant que vous me le dites, il est vrai que les hommes sont passés maîtres dans l'art de s'autodétruire.

— Tiens, par exemple, vous avez dû vous apercevoir chez vous que les dernières éruptions volcaniques étaient d'origines naturelles ? Résultat de la pollution et du mauvais traitement qu'ils font subir à la planète. Et bien voilà, tout est dit ! Je ne suis même plus maître de déclencher un petit cataclysme de temps à autre, ils s'en chargent pour moi !

— Ha ! Que voulez-vous ? L'homme est ainsi fait...

— Ça oui, et à qui la faute ?

Gab tempéra les propos de son acolyte d'un geste désinvolte, mais Louis continua sur sa pensée :

— La prochaine fois, j'en toucherai deux mots à votre patron. À nous deux, nous pourrions peut-être faire mieux que ce qu'il s'est lancé à créer tout seul.

— Tout de même, Louis, vous exagérez un peu !

— Je ne voulais pas te blesser, Gab... Mais quand même ! Voyons les choses en face, le jour où il a créés les hommes, c'était une décision unilatérale. C'est vrai, quoi. Il n'a consulté personne !

— Il pensait bien faire, vous le savez bien.

— Je sais, je sais, d'ailleurs sans lui nous ne nous serions pas autant amusés. Enfin cela dit, maintenant...

— Ha ça, oui, maintenant...

Un silence de plomb tomba entre eux, concluant cette triste constatation, puis soudain, Gab releva la tête.

— Mais dites-moi très cher ! L'idée n'est pas si mauvaise !

— Je te suis plus là, Gab, de quoi tu me parles ?

— Hé bien… nous sommes coincés, n'est-ce pas ? Sclérosés et meurtris par l'ennui ?

— Je ne te le fais pas dire, mais je ne vois toujours pas où tu veux en venir...

— Attendez deux minutes, très cher, je vous explique. C'est votre allusion au fait de créer quelque chose ensemble qui m'a travaillée... Ne comprenez-vous pas ? Nous pourrions essayer !

— Dois-je comprendre que tu me proposes de tout recommencer ?

— Exactement, c'est la seule solution. Nous sommes arrivés au bout de notre engagement, il ne nous reste plus qu'à passer à autre chose.

— Mais c'est grandiose ça. On efface tout et on recommence ! Le plaisir de la découverte, du renouveau...

— Évidemment, il y a...

Gab désigna du menton les deux hommes qui étaient près du bar.

— Bien sûr, mais bon... On leur a donné leur chance, non ?

Louis avait retrouvé un entrain peu commun et il parlait avec passion.

— Tiens, reprit-il, je te le joue à pile ou face !

— Ha ! Ça, c'est bien vous mon cher Cifer.

Déjà, Louis cherchait une pièce dans le fond de sa poche quand Gab l'arrêta d'un geste de la main.

— Attendez, fit-il. Je vous connais. Je ne jouerais pas avec l'une de vos pièces mon ami. D'ailleurs, il serait juste que ce soit eux qui décident de leur propre sort, non ?

Gab se tourna nonchalamment vers le bar et dit :

— Patron, voudriez-vous m'apporter une pièce de monnaie, je vous prie.

Charlie ouvrit son tiroir-caisse et sortit un quarter terni par les années passées à s'user au fond des poches. Il fit le tour du comptoir et s'avança vers ses clients.

— Voilà mon prince, fit-il en déposant la pièce sur la table.

— Bien, veuillez rester là je vous prie.

Puis s'adressant à Louis :

— Pile nous faisons table rase, Face rien ne change, cela vous convient-il mon cher Louis ?

— Parfaitement Gabriel, qui lance ?

— Mais lui bien sûr, après tout, ils sont concernés. Mon brave, je vous prierai de bien vouloir lancer cette pièce, de la rattraper et de la déposer sur le dos de votre main gauche.

— Comme monsieur voudra, répondit Charlie en empoignant le quarter.

Il le lança très haut, la pièce s'éleva, tourna sur elle-même, sembla s'arrêter comme suspendue en l'air, puis amorça sa descente en tournoyant. Charlie la saisit au vol d'un revers de la main droite et la déposa sur le dos de sa main gauche.

Tandis que le barman maintenait la pièce cachée, Louis Cifer et Gabriel échangèrent un sourire. Dans leurs yeux, un redoutable éclat brillait, révélant toute leur puissance. Plus qu'un geste, une seconde avant de savoir… Ils savourèrent cet instant de doute. Puis, tout doucement, le patron du bar enleva sa dextre et laissa apparaître au grand jour le résultat du jeu...

Cher lecteur. Le titre révélateur ci-dessus n'aura sans doute pas échappé à votre sagacité. (*Pour ceux qui ne peuvent s'empêcher de lire un recueil de nouvelles dans le désordre ou commencer un roman par la fin, il est encore temps de revenir quelques pages en arrière*).

Il est cependant de mon devoir de vous avertir des dangers qui vous (nous) attendent si vous décidez de poursuivre votre lecture.

Cet épilogue ne contient rien de moins que la fin du monde ! Je ne plaisante pas. Ce n'est pas une mince affaire.

En tant qu'auteur, j'ai fait preuve de faiblesse. Je n'aurai jamais dû l'écrire, c'est beaucoup trop dangereux. Mais je n'ai pas su résister… Mea culpa. C'est pourquoi je vous demande, ami lecteur, de faire preuve de plus de force que j'en fus capable : ne lisez pas la suite ! Ne soyez pas aussi lâche que moi, résistez ! Songez que le choix que vous allez faire sera lourd de conséquences pour nous tous. Vous détenez notre avenir entre vos mains, alors... **NE TOURNEZ PAS CETTE PAGE ! LA FIN DE NOTRE MONDE EST DERRIÈRE...**

Nous voici rendus au bout du voyage. Quoi de plus imagé que ces quelques pages blanches pour représenter la fin du monde pour moi (l'auteur), vous (le lecteur) et lui (le recueil) ?

Merci d'avoir tenu le coup jusque-là, j'espère avoir réussi à vous dépayser tout au long de ces modestes pages (pas seulement les blanches !)

Au plaisir de reprendre la route de l'imaginaire avec vous.

Paris, le 14 octobre 2012
Franck Labat

À propos de l'auteur

Vous pouvez retrouver l'auteur, son univers, et ses autres publications sur : www.francklabat.com

Note : cette version est une réédition illustrée de 2024. L'original ne comportait aucune illustration.

Une seule modification de texte a été apportée. Il s'agit des dates chronologiques de la nouvelle « *Naturalis* ». En effet, ce qui était de l'anticipation en 2012… c'est transformé en réalité entre 2019 et 2023.

Ne me jetez pas la pierre, je suis juste le messager…

Franck « Cassandre » Labat

www.ingramcontent.com/pod-product-compliance
Lightning Source LLC
La Vergne TN
LVHW020020170826
845678LV00001B/68

* 9 7 8 2 9 5 9 4 3 1 2 1 0 *